기적 같은 한순간

기적 같은 한순간

박경리 · 김용택 · 김기덕 · 노영심 · 주철환 외

마음의숲

차례

무지개

박경리

박경리

1926년 경남 통영에서 출생하여 1955년 〈현대문학〉에 단편 〈계산〉이 소설가 김동리에 의해 추천되면서 작품 활동을 시작했다. 《김약국의 딸들》, 《파시》, 《시장과 전장》 등을 발표했다. 특히 격동의 근대사를 살아가던 민중의 삶을 그린 대하소설 《토지》는 한국 문학사의 가장 큰 수확으로 여겨진다. 2008년 5월 5일 암 투병 끝에 82세의 일기로 타계했다.

토지 제1부를 〈현대문학〉지에 연재 중이던 71년 8월, 암이라는 진단에 의해 수술을 받은 적이 있다. 수술 전날 병실 창가에서 동대문 쪽으로부터 남산까지 길게 걸린 무지개를 보았다. 참 긴 무지개였다. "아마 나를 데려가나 보다." 하고 나는 혼자 무심히 중얼거렸다. 그날 밤 회진 온 의사에게 물었다. 수술은 몇 시간이나 걸리느냐고. 3시간쯤 걸린다는 대답이었다. "대수술이군요." 하고 뇌었다. 삶에 보복을 끝낸 것처럼 평온한 마음이었다. 휴식으로 들어가는 기분이기도 했다. 야릇한 쾌감 비슷한 것도 있었다.

정작 죽음의 공포, 암이라는 병에 대한 불안은 가을, 회복기 때부터 시작되었다. 언덕길이 보이는 창가에 앉아서 아이들이 뛰어가고

시장바구니를 든 주부가 지나가는 풍경을 바라보며 세상이, 모든 생명, 나뭇잎을 흔들어 주는 바람까지 더없이 소중하게 느껴졌다. 살고 싶다고 생각했다. 아름다운 것들과 진실이 손에 잡힐 것만 같았고 그것들을 위해 좀 더 일을 했으면 싶었다.

고뇌스러운 희망이었다.

바위에서 꽃이 피듯이
절망 가운데에서도 희망은
여지없이 피어난다.

가난하지만 결코
누추하지 않은 사람

김용택

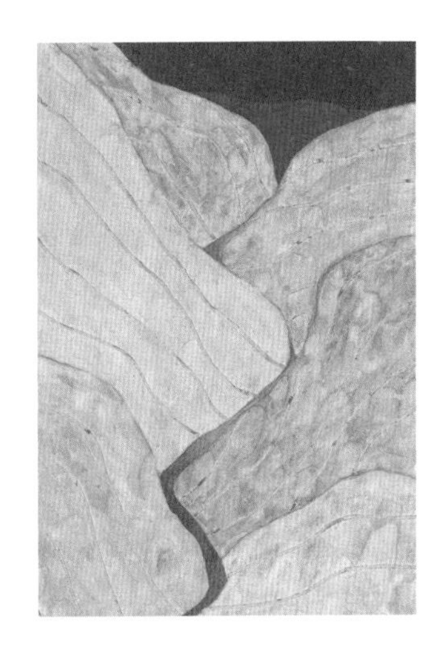

김용택

1982년 문단에 나온 이래 시골 마을과 자연을 시로 그려 많은 사랑을 받고 있는 시인이다. 산골 초등학교 선생님으로 2008년 정년 퇴임을 맞이하기 전까지 꼬박 아이들과 호흡하며 시를 썼다. 〈김수영문학상〉과 〈소월시문학상〉을 받았으며 다수의 시집과 산문집을 펴냈다.

나는 이따금 내가 사는 꼬라지와 우리들이 사는 세상을 생각해 본다. 지금 내가 사는 모양은 어떤가. 바르게 살고 있으며 내가 하는 일은 과연 당당하고 어디에 비추어 보아도 부끄러움이 없는가. 우리들이 살고 있는 세상은 바르게 가고 있으며 세상에 벌어지고 있는 일들은 나와 우리들에게 정당하고 옳은가.

그러면서 나는 늘 내 헛된 욕심을 반성한다. 정말이지 인간을 생각하자. 아무 사심 없이 시를 생각하고 늘 마음을 깨끗하고 가난하게 닦자. 그분의 가난한 삶, 자연과 인간에 대한 경외로운 삶의 방식과 태도를 배우자. 그렇게 늘 큰 산 같은 마음을 가지려 하지만 그러나 그게 어디 그렇게 쉽게 생각같이 살아지는가.

한 시대를 살아가는 데 어떤 사람을 마음에 두고 나도 그이처럼 살아야지. 생활이 어렵고 고단할 때, 어려운 삶의 문제에 부딪혔을 때, 과연 그이는 이 문제를 어떻게 생각하고 풀어 나갈까. 그분이라면 이렇게 하지 않았을까. 어려운 내 문제를 누군가의 삶의 방식과 생각에 비추어 해결할 수 있는, 본이 되는 사람이 있다는 것은 시대와 개인에게 복된 일이다.

나라가 어려울 때, 나는 권정생 선생님을 생각했다. '그분이라면 정말 아무 욕심 없이 세상의 어려운 문제를 사심 없이 판단해 낼 거야. 그분의 말이 옳을 거야.' 하고 생각하면 다소나마 안심이 되곤

했다. 내가 나의 시에 조금이라도 사심이 끼고 살다가 나도 모르게 분수를 벗어날 때, 정신을 차리게 해 주는 그분이 이 땅에 살고 계신다는 것만으로 나는 행복하다. 그분이 계시므로 이 땅이 썩지 않고 이만큼이나마 성할 수 있다는 생각을 나는 늘 해 왔다.

나는 그분이 너무도 소중하고 귀한 마음에 감히 찾아가질 못하고 그저 오랫동안 뵙지 않고 지냈다. 꼭 뵈러 갈 만한 필요가 없었고 그냥 아껴 두며 마음으로 그분을 그리면서 지냈다. 그러던 어느 해 우리 식구들은 그분을 찾아갔다. 그분의 집은 동네에서 떨어진 외진 곳에 홀로 있었다. 그이가 손수 지었다는 두 칸짜리 집. 방은 네 사람

이 앉아도 비좁았다. 한 사람이 누워 자면 딱 맞을 만큼 컸다. 부엌이 있고 부엌에는 밥을 해 먹을 도구와 책들이 쌓여 있었다. 툴방도 없었고 마루도 없었다.

사람의 손으로 꾸미고 가꾼 것이라고는 하나도 없었다. 그냥 살아가니까 그것이 거기 생겨났고 그렇게 된 것들뿐이었다. 그분의 닳을 대로 닳은 검정 고무신은 이 세상의 그 어떤 좋은 글이나 그림이나 정치나 경제 이론보다도 사람의 마음을 다스리기에 충분했다. 헛살 붙은 곳이라고는 한 군데도 없어 보이는 그분의 살림살이는 우리들의 헛되고 욕심 많은 삶을 꾸짖고 나무란다. 그분의 집은 우리들이 생각하는 편안함과 쾌적함이라는 게 얼마나 우스우며 우리들의 행복을 방해하고 있는가를 보여 준다. 그곳에는 한 사람이 세상을 살아가며 소유한 모든 것들을 생략하고 꼭 필요하고도 긴요한 넓이와 물건들만 차례 없이 놓여 있었던 것이다.

그분이 이 땅에 계시므로 이곳은 썩지 않는다. 그분은 우리들의 정신적인 부패를 방지하는 소금이다. 그분의 그 아무렇지 않은 삶의 자세는 그러나 그렇게 아무렇지 않게 보이지 않는다. 아마 그분은 안간힘으로 세상의 부패를 책임지고 있는지도 모른다. 인간을 억누르고 온갖 거짓이 사람들의 마음을 사악으로 이끌고 물질로 세상의 행복을 가늠하려는 이 타락한 지구의 음모에 맞서 있어도 하나도 힘이 안 달려 보이는 그분의 가난이야말로 이 땅을 썩지 않게 하는 버팀목이고 소금인 것이다.

그분을 생각하며 나를 되돌아보면 지금 내가 하는 짓들이나 생각이 얼마나 가소롭고 낯 뜨겁고 남루하고 초라하고 부끄러운 것들뿐인가. 인간의 헛된 욕심으로 한없이 어지럽고 하루하루 우리들의 일상이 위태위태한 이 시절, 나는 그분을 생각한다.

가난하나 불편하지 않고 빈한하거나 누추해 보이지 않는 그런 생활이 자연스러운 그분. 동화 작가 권정생 선생님은 봄이면 집 주위 민들레를 보며 나이 든 가난한 이웃 농부들의 삶 속에서 인간만이 가진 따뜻한 사랑을 감동적으로 보여 주셨다. 그리고 그 집을 그대로 두고 돌아가셨다. 그는 유서에서 스물세 살 청년으로 태어나 사랑을 하고 싶다고 했다. 또 자기의 책은 어린이들이 읽을 것이므로 인세를 모두 불행한 어린이들을 위해 쓰라고 해 두었다. 그분의 삶은 성자에 가까웠다.

움켜쥔 손에는 나의 손톱자국이,
빈손에는 누군가의 따뜻한 온기가
남는다.

순간의 결단이 삶을 바꾼다

공병호

공병호

고려대학교 경제학과를 졸업하고, 미국 라이스대학교에서 경제학 박사학위를 수여 받았다. 나고야대학교 객원연구원, 한국경제연구원 연구위원을 지냈으며, 자유기업센터와 자유기업원 초대 소장 및 원장, (주)인티즌과 코아정보시스템의 대표이사를 역임했다. 현재 (주)교보생명, S&TC의 사외이사와 공병호경영연구소 소장으로 활동하고 있다.

나는 젊은 시절부터 한국에도 자유 시장경제 원리의 교육과 홍보를 담당하는 기관이 필요하다는 생각을 가져왔다. 미국 헤리티지 재단이나 영국 아담 스미스 연구소처럼 나라를 부강하게 만드는 데 이바지할 연구소를 세우고 싶었다. 5년 후, 10년 후의 한국 사회가 나아갈 방향을 정확히 제시하고 이를 미리 준비할 수 있는 기관을 설립해야 위기를 극복할 수 있다고 믿었다. 그런 꿈을 실현한 곳이 1997년 설립된 재단법인 자유기업원이다. 하지만 당시 내 꿈이 실현될 수 있다고 믿은 사람은 아무도 없었다.

그러나 순간의 결단이 나의 삶을 바꿨다. 1997년 초 봄, 동료와 점심 식사를 하다가 당시 내가 모시던 상사가 내 아이디어를 지원해

줄 수 있는 기관으로 옮기게 되었다는 소식을 들었다. 갑자기 '이번 이 절호의 기회다. 다시는 이런 기회가 돌아오지 않을 것이다.' 는 생각이 머리를 스쳤다. 점심을 먹다 말고 벌떡 일어나 동료에게 "지금 그분을 만나겠습니다. 그리고 승낙을 받겠습니다." 하고 말했다. 상사는 서울의 어느 호텔에서 늦은 점심을 먹고 있다고 했다. 무작정 택시를 잡아타고 그곳으로 달렸다.

점심을 마치고 나오는 상사를 모시고 커피숍에서 나의 꿈을 이야기하며 힘을 보태 달라고 설득했다. 그 순간 내가 가진 모든 에너지와 열정을 그에게 쏟아부었다. 상대가 거부할 수 없을 정도로 밀어붙였다고 하는 편이 좋겠다. 그리고 마침내 도와주겠다는 승낙을 얻어 냈다.

아마도 그 순간의 결단이 없었다면 나의 삶은 어떻게 전개되었을지 모른다. 그날의 결단이 밑바탕이 되어 지금의 연구소 생활을 비롯해 작가와 강연자로서의 삶이 펼쳐졌으니 말이다. 누구나 인생에서 결정적 순간이 있게 마련이다. 그런 순간이 오면 나는 늘 행동했다. 기회 포착에 민첩했고 일단 기회라 판단되면 즉시 실행에 옮겼기에 내 삶에서 후회란 없다.

오늘 내린 결단으로
어제와 다른 내가 된다.

나를 가로막은 벽,
그것이 나의 문이었다

서진규

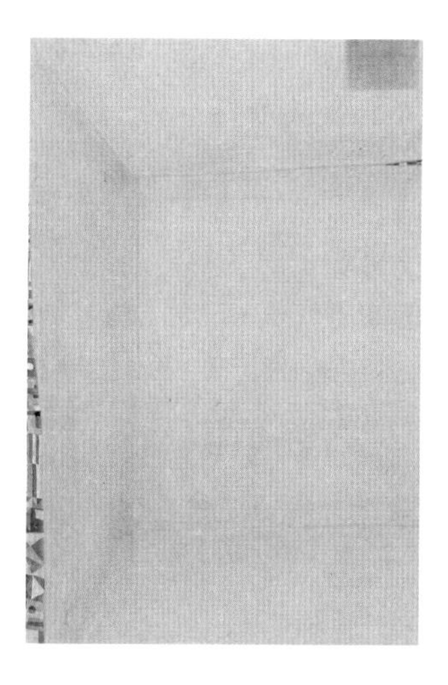

서진규

1976년 미 육군에 입대하여 20년 동안의 군 생활 끝에 소령으로 전역 제대했다. 그 후 43세의 나이로 하버드대 대학원에 입학하여 2년 후 석사학위를, 2006년에는 국제외교사 박사학위를 취득했다. 현재 희망연구소 소장으로 사람들에게 희망과 꿈을 주는 특강은 물론 미국 라디오 방송의 MC로 활동하고 있다. 또한 영문 책 출판과 영화 제작의 꿈을 위해 바쁜 나날을 보내고 있다.

1971년 단돈 100달러를 들고 혼자 미국행 비행기에 오를 때, 나는 스물세 살 난 처녀였다. 고등학교를 졸업하고 3년 여, 앞날이 캄캄했다. 가발 공장을 거쳐 골프장, 식당에서 일했지만 나에게 미래는 없었다. 미국에서 식모살이할 사람을 구한다는 신문광고가 유일한 희망이었다.

미국 생활은 만만치 않았다. 낮에는 한국 식당에서 웨이트리스로 일하고 밤에는 대학을 다녔다. 단 한순간도 쉴 틈이 없었다. 하지만 힘들지 않았다. 내가 내 삶의 주인이었기 때문이다. 그러나 첫눈에 반한 한국 남자와의 결혼은 나를 지옥 속으로 몰아넣었다. 남편의 폭력보다도 그 폭력을 견디는 내가 혐오스러워 견딜 수가 없었

다. 나는 나를 격리시키기로 했다.

1976년 11월, 나는 여덟 달 된 딸아이를 한국에 계시던 내 부모님께 맡기고 미 육군에 자원입대했다. 그리고 나는 오직 나 자신과 싸우며 내 꿈에 도전했다. 내 앞을 가로막는 모든 벽을 내가 열고 나가야 하는 문으로 만들었다. 여군 사병으로 입대해 소령까지 진급했다. 대위 시절 하버드대학교 석사과정에 입학했고 중령 진급이 보장된 상황에서 나는 전역을 결심했다. 그리고 하버드대 대학원에서 박사학위 논문을 준비했다.

나는 내 인생에서 결정적인 순간을 맞을 때마다 늘 세 가지 리스트를 작성한다. 지금 나에게 가장 필요한 것은 무엇인가, 지금 내가 갖고 있는 것은 무엇인가, 그렇다면 나는 무엇을 준비해야 하는가. 그리고 나를 믿고 내 꿈을 믿으며 죽을 각오를 하고 도전했다. 그 결과 예순이 넘은 지금, 나는 감히 누군가에게 "희망의 증거가 되고 싶다."고 말할 수 있게 된 것이다.

근력을 쓰면 쓸수록 더 강해지듯이
도전 에너지 또한 한계를 넘으려는
수많은 시도 끝에 싹튼다.

그는 내 자존심의 이유였다

김기덕

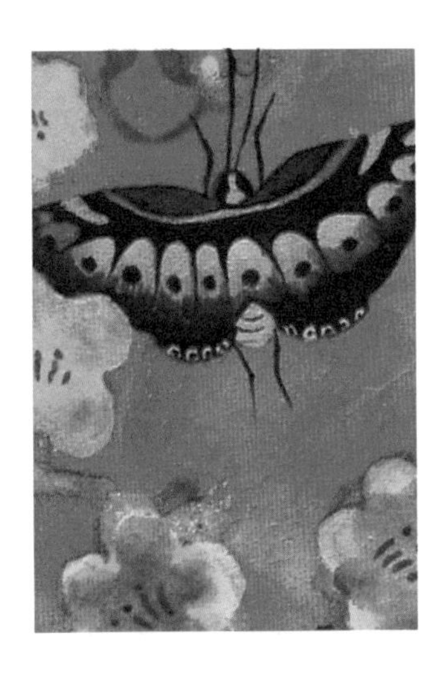

김기덕

저예산 영화로 일관된 주제 의식, 감각적인 영상미학을 보여 주면서 마니아층을 양산해 온 영화감독이다. 1996년 영화 〈악어〉로 데뷔한 이래로 〈봄, 여름, 가을, 겨울 그리고 봄〉, 〈사마리아〉, 〈빈집〉 등의 작품으로 관객과 만나 오고 있다. 2004년 베니스 국제영화제 최우수 감독상, 베를린 국제영화제 감독상을 수상했다.

경북 봉화의 질퍽한 시골에서 살았던 아버지는 내 나이 아홉 살 때 경기도 일산으로 이사를 오셨다. 일명 수용소로 불리던 동네였지만 대대로 살아오던 고향을 떠나 서울 가까운 곳으로 터전을 옮긴 것은 순전히 자식 교육 때문이었다. 그러나 믿었던 형이 중학교 시절에 학업을 중단하고 돌연 아버지를 피하듯 서울로 도망쳤다. 장남에게 건 기대가 하루아침에 무너지자 아버지는 큰 충격을 받으셨고 그 반향으로 차남인 나를 일반 중학이 아닌 동네 형들이 운영하는 정식 인가도 나지 않은 농업 전수학교에 진학시켰다.

아버지에 대한 원망은 거슬러 올라가 보면 무서움에서부터 비롯되었다. 아버지는 전쟁에서 얻은 총알의 상처로 인해 늘 신경이 날

카로워 우리 형제들은 아버지 눈치 보기에 급급했다. 전수학교 시절에는 매주 토요일마다 노트와 책 검사를 받았는데 그 당시 그림을 좋아하던 나는 노트와 책 사이사이에 그려져 있는 그림 때문에 아버지로부터 100대 가까이 종아리를 맞아야 했다. 시뻘건 피가 흘러도 주저앉지 못하고 자정 넘도록 꿇어앉아 반성문을 써야만 했다.

그림이 내 천성이었던 만큼 나는 미대 진학을 꿈꾸었지만 전수학교를 마치자 아버지는 고교도 아닌 이웃 동네의 전자 공장에 취직시켜 버렸다. 나는 1만 6천 원의 월급을 받으며 사회생활을 시작했고 나보다 공부를 못했던 친구들이 교복을 입고 등·하교하는 모습을 몰래 논둑길 사이에 숨어 지켜보았다. 학교에 다니지 못하는 창피함과 열등감…. 나는 젊은 소년기의 내 삶을 맘껏 미워했다. 공장에서 몰래 권총을 만들어 인적 드문 공터에서 허공에 대고 쏘아 대다가 경찰서에 끌려가 독방에 갇힌 것은 아직까지 영화 같은 장면으로 기억된다.

그렇게 야속한 아버지와 떨어지게 된 것은 해병대로 자원입대하면서다. 물론 될수록 아버지로부터 멀리 도망치고 싶었기 때문이다. 입대하는 당일에야 아버지께 말씀을 드렸고 놀란 아버지는 몽둥이를 들고 대문까지 쫓아와 화를 내셨으며 그 길로 나는 울며 해병대에 입대했다. 물론 그곳 생활은 너무나 힘겨웠다.

그런 어느 날 아버지로부터 편지가 왔고 그 한 통의 사연으로 인해 그간 느껴 왔던 두려움을 잊을 수 있게 되었다. 당신 역시 열아홉 살에 국방 경비대에 자원입대하여 힘든 나날을 보냈다며 이왕 고생을 시작했으니 남자답게 모든 걸 이겨 내라는 격려였다. 나는 아마

울었던 것 같다. 물론 용기를 얻고 더욱 인내하며 적응했음은 두말할 나위 없다.

제대 후 낮은 학력에 취직을 꿈꿀 수도 없었고 그림마저 제도권의 벽에 부딪쳐 맘대로 뜻을 펼칠 수 없자 나는 무작정 프랑스행 비행기를 탔다. 극한 경제난을 헤치며 살았던 프랑스에서의 2년은 내게 새로운 삶의 도전과 사소한 열등감을 이기도록 도와주었다. 그러나 무엇보다도 큰 선물은 귀국 후 아버지와 소원했던 관계를 풀 수 있었다는 점. 한국에 오자마자 아버지와 형과 부둥켜안고 역시 한없이 냉정하다고 믿었던 아버지의 눈물을 처음 목격하며 그간 쌓였던 한스러운 감정을 풀어 버렸다. 그리고 남자로서의 아버지를 조금은 이해하기 시작했다.

본격적으로 영화 작업에 뛰어든 나는 두 번째 시나리오 〈흙바람의 아들〉을 완성했다. 부자 사이에 화해의 의미가 들어 있는 작품이었다. 지금 내가 영화감독으로서 무언가 의미 있는 삶을 살고 있다면 그것은 아버지를 통해서 이루어진 것이라고 믿는다. 그래서 내가 가는 이 길 속에는 늘 아버지가 존재한다. 옛날엔 아버지를 생각하면 원망스러웠지만 이제는 눈물이 먼저 난다. 언젠가 언론에 난 인터뷰 기사를 보신 후 "제대로 가르치지도 못했는데 그래도 제 밥벌이하는 걸 보면 기특하죠."하며 눈시울을 붉히셨던 아버지.

적어도 아버지는 어릴 적의 내게 돈과 명예가 최고가 아니라는 것과 노동의 순수를 가르쳐 주셨다. 그러기에 나는 영화를 만들면서 돈보다 어떤 영화로 세상을 따뜻하고 아름답게 할 것인가를 먼저 고민할 수 있었다. 다름 아닌 아버지가 길러 준 정신이었다.

궂은일, 견디기 힘든 사건,
복잡 미묘한 감정들로
사이가 멀어졌다가도
어려운 상황이 닥치면
가장 가까워지는 관계.
그것이 바로 가족이다.

길을 열어 주신 분

이만기

이만기

민속 씨름이 출범한 1983년, 스무 살의 나이로 제1대 천하장사를 거머쥐었다. 그 후 천하장사 10회, 백두장사 18회, 한라장사 7회, 번외 경기 11회 우승이라는 대기록을 세우며 국민들의 사랑을 한 몸에 받았다. 중앙대 대학원에서 체육교육으로 박사학위를 받았으며, 씨름 방송 해설위원으로 활동했다. 현재 인제대학교 사회체육학과 교수이며 경남 문화재단 대표이사, 김해시 생활체육회 회장을 겸임하고 있다.

나는 민속 씨름이 출범한 1983년 4월 17일, 대학 2년 젊은 나이에 혜성처럼 나타나 천하장사 우승을 10회나 독차지하며 모래판을 누볐다. 민속 씨름을 하루아침에 인기 스포츠로 끌어올리며 영원한 천하장사란 애칭까지 얻었고 은퇴 후 씨름 지도자의 길 대신 대학교수로 입문해 또 다시 화제의 주인공이 됐다. 그 시절에는 운동선수 출신이 대학 강단에 서는 것은 상당히 어려웠다. 하지만 나는 후배 선수들에게 진로 선택을 위한 새로운 가능성과 비전을 보여 주었던 것이다.

내가 이렇게 대학교수가 되기까지 많은 분들이 도와주셨지만 특히나 이진 교수님을 잊을 수 없다. 체육학과 교수님이 아닌 공과대

교수이면서 교무처장이신 이진 교수님은 내가 천하장사로 승승장구할 때 나의 미래를 내다보면서 격려와 조언을 아끼지 않으셨다.

"만기야, 운동을 잘하는 것도 좋지만 큰일을 하려면 공부를 해야 한다. 꼭 대학원에 진학해서 학위를 얻어 보렴. 그럼 다음에 너한테 좋은 일이 생길 것이다."

늘 운동만 하던 내가 대학원 진학에 공부까지 하려고 생각하는 것은 쉽지 않았다. 그러나 내가 지금 가고 있는 이 길을 생각하면 당시 내게 대학원 공부를 권했던 교수님이 고맙기 그지없다. 교수님의 말씀을 따른 덕분에 나는 인생에서 커다란 전환점을 맞을 수 있었다. 김해에 있는 인제대학교로부터 교수 초빙을 받은 것이다. 1990년 내가 씨름 선수를 은퇴할 무렵 백낙환 총장(현 이사장)이 직접 찾아와 씨름부 창단의 배경과 앞으로의 계획을 설명하며 지도교수와 감독의 역할을 맡아 달라고 요청해 왔다. 그렇게 김해 인제대학교 교수로 임용된 후 민속 씨름 천하장사대회의 KBS 해설위원으로도 활동하는 등 여러 경로를 통해 씨름 발전과 교수로서 학문에 열중하고 연구하며 지역 봉사에 힘 쏟고 있다.

제자의 먼 앞날을 내다보고 진심으로 조언해 주신 은사님의 권유가 발판이 되어 강단에 선지 어느덧 19년이란 세월이 흘렀다. 돌아보면 그때의 그 선택이 내게는 무척 뜻 깊은 일이었고 동시에 나의 천직이 되었다.

바로 내 앞에 있는 사람의
말 한마디 한마디에
귀 기울일 때,
그 만남은 축복이 되어
우리에게 다가온다.

나와 에베레스트

김영도

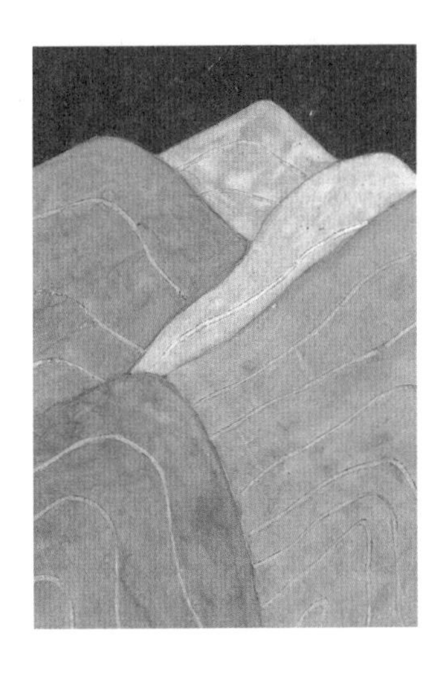

김영도

한국인으로 가장 처음으로 에베레스트 정상에 올랐던 '77 에베레스트 원정대'의 대장이다. 한국 산악계의 산 역사로 많은 산악인의 귀감이 되고 있다. 제9대 국회의원, 1978년 한국 북극 탐험대 대장, 사단법인 대한산악연맹 회장을 역임했다. 현재 한국등산연구소 고문으로 재직 중이다.

2010년 지금, 나는 아직도 성난 에베레스트 산과 싸우며 정상에 오르던 1977년의 일을 잊지 못한다. 세계에서 가장 높은 그곳에 오르자 사람들은 내게 앞으로 더 오를 데가 없겠다고 말했다. 높은 산으로서는 사실 그렇다. 그러나 내 앞으로의 삶에는 험한 준령이 첩첩이 가로놓여 있다고 본다. 세계 최고봉은 하나뿐이나 우리가 살며 넘어야 할 곳은 이렇게 많기만 하다.

1950년 안나푸르나를 오르고 인류 역사에서 처음으로 8,000미터 고소를 넘어섰던 프랑스 등산가 모리스 에르조그도 자기 인생에 안나푸르나와 같은 산이 이어지고 있다고 말했다.

지금 사람들은 저마다 살기 어렵다고 하며 새로운 앞날이 열리길 기다린다. 이들 무리 속에 끼어 지난날 에베레스트에 올랐던 일을 인생의 상징과 비유로 회상하고 반추하는 오늘이길 바란다.

험한 굴곡의 연속인 삶에
가쁜 숨을 몰아쉬면서도
한 발자국씩 앞으로 나아가는 것.
그것이 인생 여정이다.

경험은 인생의 힘

이윤택

이윤택

1979년 시 〈천체수업〉을 〈현대시〉에 발표하면서 시인으로 등단, 이후에 신문기자 생활을 하다가 극단 연희단거리패를 창단했다. 한국적인 특색을 탁월하게 살린 〈오구〉, 동서양을 아우르는 〈햄릿〉 등을 연출했다. 그 외에도 시나리오, TV 드라마, 신문 칼럼을 쓰고, 무용, 이벤트 연출 등 다양하게 활동하며 '문화 게릴라' 라고 불린다.

연극 때문에 집까지 날린 나는 뒤늦게 현실의 각박함을 깨달았다. 그 어떤 상상력도 낭만도 물적 기반이 없으면 무용지물이라는 것을 눈치 챈 셈이다. '그래, 이제 현실에 발 딛고 살아보자.' 라고 결심하면서 직업을 구하기 시작했다. 처음 선택한 직업이 도서 외판원이었다. 그렇게 많은 친구들과 시를 논하고 철학을 논했건만 책 한 질 사 주는 친구가 없었다. 그래서 좀 더 구체적이고 확실한 직업을 찾기로 했다.

그때부터 나의 다양한 직업 이력이 시작되었다. 부산 우체국 등기우편과 행정 서기보, 한일합섬 염색 가공과 염색 기사, 밀양 한전 영업소 서무과 직원 등을 전전하다가 부산일보 편집부 기자가 되었

다. 그러나 그렇게 좋아 보이던 기자 생활도 싫증이 나서 6년 6개월 만에 그만두었다.

사람들은 한 우물을 파라고 권하지만 나는 차라리 우물을 찾아 떠돌아다녔던 것 같다. 그래서 고정된 집도, 직장도 없지만 대신 나는 자유를 얻었다고 생각한다. 그리고 삶에 대한 풍부한 경험을 쌓았다. 경험이야 말로 삶의 힘이라는 것을 연극을 하면서 깨달았다. 내가 세상을 가로지르면서 만났던 수많은 사람들과 충돌하면서 빛

어낸 기억들이 내 연출적 상상력을 풍요롭게 해 주었다. 무엇보다 여러 경험은 내가 연극을 만들 때에 구체적인 현실성을 부여해 준다. 내 연극의 리얼리티는 바로 나의 경험에서 비롯된다.

켜켜이 쌓인 경험은
푹 익은 장처럼 숙성되어
언젠가 창조와 영감의 빛이 된다.

내가 무릎 꿇은 존재

임웅균

임웅균

연세대학교 성악과 석사학위를 취득하고 이태리의 오시모 아카데미 오페라과를 졸업했다. 지금까지 시원하고 풍성한 목소리로 1,200여 회의 기록적인 공연을 한 국민 성악가이다. 〈방송대상 성악가상〉, 〈미국 대통령상 금상〉을 수상했다. 현재는 학교폭력대책국민회의 공동대표와 국립 한국예술종합학교 음악원 교수로 재직하고 있다.

대학 4학년, 사업에 실패한 우리 가정의 상황은 말이 아니었다. 나는 학비 마련을 위해 이리저리 뛰어다니다 성악을 전공하는 학생으로서 차마 내리기 어려운 결정을 하고야 말았다. 충무로의 한 음식점에서 노래를 부르는 일이었다. 학비와 생활비, 어머니의 입원비까지 감당하려면 그 방법밖에 없었기 때문이다. 그때에 나는 돈을 아끼기 위해 무조건 주린 배를 채우려고 펌프 물을 마셔 댔다.

문제는 그다음이었다. 펌프 물의 수질이 좋지 않아서인지 나는 유사 장티푸스에 걸려 치명적인 열병을 앓으며 병원에 입원했다. 채 병이 낫지도 않았지만 하루하루 늘어나는 입원비에 대한 두려움으로 집 안에 있던 백과사전을 팔아 입원비를 충당하고 퇴원해 버렸

다. 하지만 다시 재발한 고열로 입원을 하게 되었고 나는 원무과 직원만 보면 화장실로 도망 다니는 버릇이 생길 정도로 입원비에 대한 걱정을 지울 수 없었다. 더 큰 문제는 내 열병이 도저히 나을 기미를 보이지 않는다는 것이었다. 하루하루 39도가 넘는 고통스런 열기를 느끼며 마음으로 불어나는 입원비 걱정에 시달리던 청년 시절의 나….

그때 나는 그동안 도망만 다니던 한 존재를 그 어느 때보다도 강하게 느꼈다. 그동안 그 존재는 나를 계속 주시하며 내가 최대로 낮아진 모습으로 무릎 꿇고 돌아오기만을 기다렸던 것이다. 나는 단순한 한마디 말로 중얼거렸다.

"하나님, 한 번만 살려 주세요. 내가 당신에게 돌아가겠나이다."

다음 날 나의 체온은 정확히 36.5도로 돌아왔다. 그랬다. 그 존재는 이후 8만 원으로 한 달을 살았던 궁핍한 이태리 유학 시절에도 함께했었고 만족하지 않았던 내 성악 발성에 '벨칸토' 창법이라는 선물을 주었던 바로 그였다.

나를 위한 몸부림을 내려놓고
무릎 꿇고 고개 숙일 때
보이는 것이 있다.
내가 할 수 있는 일과
내가 할 수 없는 일.
그때 비로소
겸손한 마음과 만나게 된다.

안전은 사랑입니다

정상근

정상근

산업 안전 교육을 실시하고 있는 정HR교육연구소 소장으로 12년간 산업 현장에서 "안전은 사랑입니다." 구호를 외치며 산업 현장 무재해 운동을 펼치고 있다. '정(情)' 과 '정(正)' 을 모든 강의의 중심으로 삼아 정이 넘치는 바른 사회를 만들고자 노력 중이다. 현재 사단법인 한국강사협회 상임이사를 맡고 있으며 대한민국 명강사 27호로 활동 중이다. 그 외에도 대한산업안전협회 자문교수로, 한국능률협회 전문위원을 겸임하고 있다.

"펑."하는 굉음과 함께 내 주변은 불바다가 되었고 온몸에 불이 붙고 있었다. 순식간의 일이었다. 가스 폭발 사고였다. 잠깐 동안 안전을 생각하지 못한 일로 엄청난 고통의 시간이 시작되었다. 27년 전 일이다. 당시 나는 꿈과 희망을 안고 대기업에 입사하여 열심히 일하는 신입사원이었다. 사고로 온몸에 화상을 입고 19개월이라는 시간 동안 여러 차례 죽을 고비를 넘기며 화상 치료를 받았다. 정말 많은 피와 눈물을 흘려야 했고 엄청난 고통을 겪어야 했다.

화상 병동 중환자실은 말 그대로 지옥과도 같았다. 지독한 화상으로 인한 살이 타는 냄새와 고통을 참지 못해 내는 신음 소리, 여기저기에서 살려 달라고 외치는 소리는 그야말로 아비규환이었다. 또

한 옆에 누워 있던 화상 환자들의 죽음은 나를 더욱더 죽음의 공포로 몰아가기에 충분했다. '나는 과연 살 수 있을까? 살아난다면 어떤 모습으로 살아갈까?' 를 생각하게 했다.

또한 나 자신의 고통뿐 아니라 가족들이 힘들어 하는 모습은 더욱더 나의 가슴을 아프게 했다. 아들이 화상 치료로 고통스러워 하는 모습을 울음으로 지켜보시던 어머님, 죽음보다 더한 절망 속에서 괴로워하는 신랑을 보며 소리 죽여 울면서 기도하던 아내의 모습은 지금도 잊을 수가 없다.

그토록 심한 고통 속에서 나는 새로운 결심을 하게 되었다. '나처럼 잠깐의 부주의로 되돌릴 수 없는 아픔을 겪는 사람들이 생기지 않도록 내가 앞장서자!' 고 말이다. 치료를 마친 후 회사로 복귀할 때 나는 자원하여 안전 관리 업무를 맡았다. 그리고 미친 듯이 안전을 외치고 다녔다. 그 결과 많은 분들의 도움으로 성공적인 안전 관리 업무를 수행해 '무재해 목표 시간 15배 달성' 이란 놀라운 성과를 이루어 냈다. 그 이후 나는 우리 회사의 안전뿐만 아니라 대한민국의 안전을 위해 일하기로 결심하고 안전 교육 강사로 활동하고 있다. 전국의 산업 현장과 건설 현장이 현재 나의 일터다.

우리나라에서는 한 해 동안 각종 사고로 40만여 명의 부상자와 1만여 명 이상의 사망자가 발생하고 있고 지금 이 시간에도 사고가 끊임없이 일어나고 있다. 많은 꿈과 목표를 가지고 살아가는 사람이라면 먼저 안전부터 실천해야 한다. 아직도 많은 사람들이 아차 하는 사이에 일어난 안전사고로 인해 평생을 후회하며 살아가고 있다. 또한 불행한 것은 사고가 나면 당사자뿐만 아니라 가족들이 함께 고통을 겪는다는 것이다. 진정 자녀를 아끼는 마음, 아내를 사랑하는 마음, 부모님께 효도하는 마음으로 안전해야 한다. 내 가족들의 든든한 울타리가 되어 지켜 준다는 마음으로 안전을 실천해야 한다.

안전사고는 기업 경영에 치명타가 되기도 한다. 안전사고 또는 화재 사고를 통해 경영 위기를 맞은 기업들을 우리는 주변에서 많이 볼 수 있다. 그러므로 나의 일터를 지키기 위해 내가 안전을 준수해야 한다.

나는 정(情)과 정(正)을 중심으로 강의를 하고 있다. '정(情)이 넘치는 바른(正) 사회 만들기' 즉, '사랑이 넘치는 안전한 나라 만들기' 가 나의 큰 소망이다. 그 소망을 담아 12년째 2,700여 회 강의를 해 왔다. 나는 지금도 잊지 못한다. 순간의 불찰로 닥쳐왔던 엄청난 고통의 시간을…. 그래서 많은 이들에게 외치고 다닌다. "안전은 사랑입니다!"라고. 안전은 나와 가족을 사랑하는 마음, 일터를 소중하게 여기는 마음으로 반드시 지켜야 할 일이다.

사랑은 다짐과 실천으로 이루어진다.
지키겠다는 굳은 결심,
그리고 느슨해지지 않는 행동.

즉흥의 한때

노영심

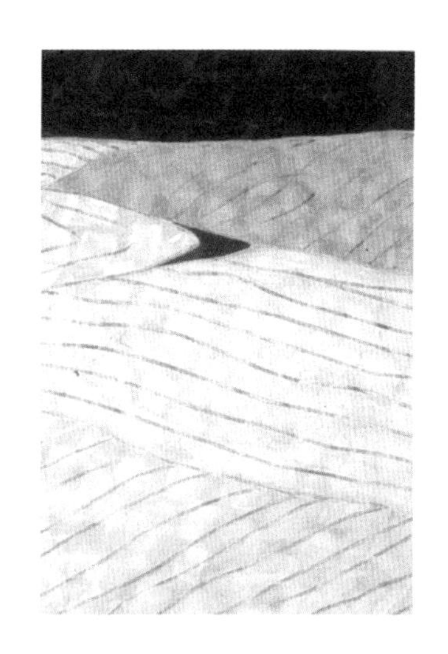

노영심

노영심은 1968년에 출생하여 이화여자대학교 졸업 후, 대중음악 작곡가로 음악 활동을 시작했다. 이후로 활동의 초점을 피아노 연주에 맞춰 대중들과 호흡하며 활발한 피아노 연주회를 하고 있다. 연주 음반으로는 〈무언가〉, 〈My Christmas Piano〉, 〈Piano Girl〉 등이 있으며 그 외에도 다수의 영화 음악을 담당했다.

1999년 낯선 곳에서의 아침.

피아노 솔로 앨범 작업을 위해 한국을 떠난 지 며칠째 나는 캄캄한 미명에 눈을 뜨고 있었다. 비단 시차 때문만은 아니었다. 이미 3일간의 녹음을 끝낸 상태에서 정말 마지막 녹음을 앞두고 있는, 그 '마지막' 이라는 설정이 나를 새롭게 긴장시켰다. 노르웨이 오슬로에 도착한 지 7일째 되던 날. 나는 그 새로운 도시에서 적응을 하고 있었다. 오직 피아노를 위해, 피아노와 함께.

굳이 노르웨이까지 와서 레코딩을 해야 하는 이유에 대해 그 당시의 난 어설프게나마 설명할 수조차 없었다. 그 이유에 대해 나 스스로도 확신할 수 없었기에. 어쩌면 나는 스스로 피아노를 왜 치는

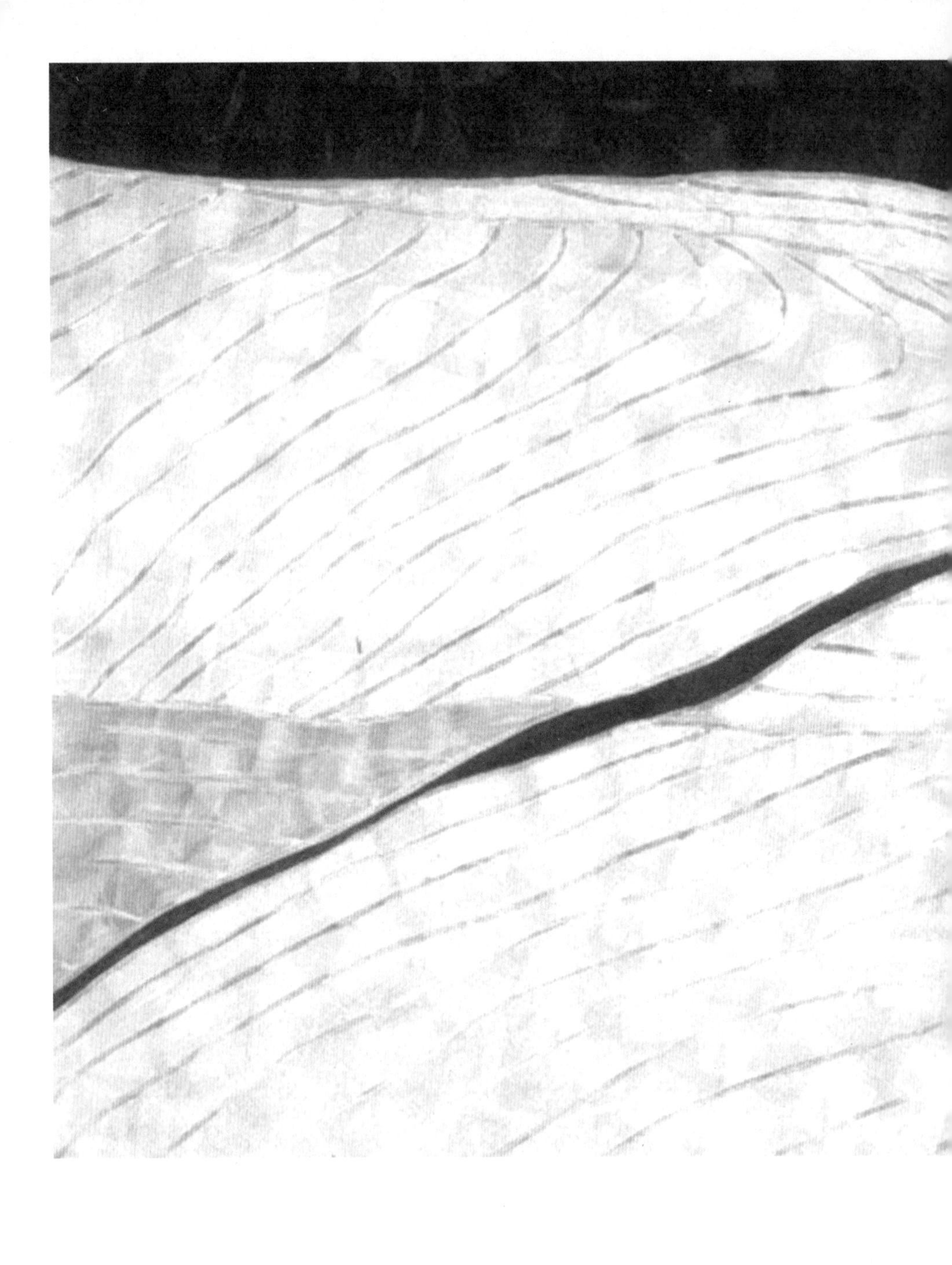

지에 대하여 주변 사람들에게 제대로 피력할 수 있는 기회를 갖지 못했던 것 같다. 어찌 됐든 내가 노르웨이에 가게 된 이유는 피아노 녹음 때문이었다. 〈My Christmas piano〉 참 오랜 바람처럼 입 안에 익숙한, 내 마음에 잘 맞추어진 이름이었다. 잘 아는 사람이 내게 이런 말을 했다.

"영심이가 노래하면 뭐든지 다 동요 같고, 영심이가 피아노를 치면 언제나 크리스마스 같고 그렇다."

분명 칭찬의 말은 아니었지만 내가 듣기에는 그리 기분 나쁜 말도 아니었다. 내게 한결같은, 그 무언가가 살아 숨 쉬고 있다는 생각이 내게 음악을 하고 있는 현실을 더욱 올곧게 뒷받침해 주었기 때문이다. 비록 빠듯한 시간을 쪼갠 준비들이었지만 그로 인해 모처럼 입시생의 기분을 느낄 수 있었다.

내 안에 한참 응고된 어떤 설렘 같은 것들을 만지작거리며 보낸 시간들이 마침 마지막 녹음 날 새벽에 한 장면 한 장면씩 떠올랐다. 그리고는 마침내 다다른 기억의 한 조각은 녹음 전날 즉흥곡을 막 마치고 잠시 내려다본 내 흰 운동화에, 곧 페달에 놓인 발끝 사이로 지나간 한 줄기의 빛으로 다가왔다. 나는 그때 새 한 마리를 연상하며 연주를 했었다. 그리고 음악의 정점에 가서는 어떤 환성 — 그저 이 순간 내가 피아노를 칠 수 있다는 행복한 숨소리가 목까지 차오르는 그런 찰나를 표현하고 싶은 — 이 새어 나올 것 같은 그런 기분이 들었다. 그 순간에 넓은 창문 커튼 사이로 들어온 빛 하나가 내 운동화에 내려앉아 있는 것이 보였다. '그렇구나. 날 찾아 준 것이구나. 가끔은 그렇게 날 찾아왔었구나. 이토록 스쳐가는 것이구나. 이 행복에 겨웠던 연주도. 즉흥의 한때도… 잠시 페달을 밟은 이 흰 운동화 사이로 이미 지나간 것이구나. 지금 역시 지나는 중이구나… .' 그런 생각.

그 빛 때문이었을까. 시간, 그러니까 그 빛을 주었던 신나는 오후 햇살 때문이었을까, 아니면 공간 때문이었을까. 혹은 그 커튼 아니면 피아노 때문이었을까. 그것도 아니라면 이 모든 것이 노르웨이 때문은 아니었을까. 난 요즘도 그 즉흥의 한때에 발견한 '내 흰 운동화 위의 한 줄기 빛'을 잊지 못해 새벽을 뒤척인다. 살다가 언제 또다시 그곳에 갈 수 있을까. 언제 또 그런 찰나의 감흥을 만끽하며 연주할 수 있을까. 어떻게 그런 혼미한 순간에 보았던 빛을 다시 만날 수 있을까.

어쩌면 그 모든 것들은 내 안에 달궈진 아주 오래된 순간일지도 모른다. 즉흥이라고는 하지만 단지 인식하지 않았던, 충분히 내 안에 공명된 소리들일지도 모른다. 그런 중에 내가 너무도 특별히 발견한 빛은 늘 내 옆을 지나다니던 일상의 한 줄기였는지 모른다. 아직도 나는 어느 날 하루, 한꺼번에 찾아온 특별한 일상과 지극히 평범한 내재를 지금까지 생생히 기억하고 있다.

노르웨이에서 내가 묵었던 방 앞집의 파란색 지붕과 창문가에 놓여 있던 작은 넝쿨 화분이 하나둘씩 생각난다. 마치 큰 태양 한 덩어리를 가슴에 안은 것 마냥 부풀고 평온했던 그 시간을 떠올리니 어느새 별이 사라지고 지붕이 밝아 온다. 나는 그날 연주한 햇살 속의 즉흥곡을 〈Norwegian Bird〉라고 이름 지었다. 〈Norwegian Wood〉와는 다르지만 왠지 잘 어울리는 곡이길 웃으면서 기원했다. 그 순간이 훌쩍 지난 지금은 몇 곡의 즉흥곡을 연주할 수 있을까. 오늘은 그 특별했던 시간을 떠올리며 이런 제목을 짓고 싶다. 〈Glad you told me〉 내게 말해줘서 고마워. 그때 내게 왜 노르웨이를 가느냐고 물어봤던 사람들에게 보내는 연주가 되리라.

영감은 기적이 아니다.
단지 부단히 연습했던 감각과
끊임없이 추구했던 직관이
오랜 시간 부딪혀
한순간 불꽃을 일으키는 것이다.

나를 2인자로 만든 친구

홍승우

홍승우

홍익대학교 시각디자인과를 졸업한 후, 1998년 〈한겨레리빙〉에 일일만화 〈정보통 사람들〉을 그리면서 본격적인 활동을 시작했다. 1999년부터 한겨레신문에 〈비빔툰〉을 연재하고 있으며, 특유의 재기 발랄한 아이디어와 따뜻한 그림으로 많은 사랑을 받고 있다.

초등학교 시절. 300원짜리 연습장과 500원짜리 샤프, 그리고 지우개와 자를 사서는 방 안 구석에 엎드려 만화를 그렸다. '손오벌'이라는 제목으로 손오공 이야기에 꿀벌 캐릭터를 대입시켜 그린 거였다. 무척 고심해서 만든 난 다음 날 두근거리는 마음으로 학교에 갔다. 교실에 들어서자마자 친구들에게 만화를 보여 주었는데 꽤나 인기가 좋았다.

그런데 저 뒷자리에 앉아 있던 한 친구가(이름은 기억하지만 신변의 안전을 위해 말 않겠음) 고급 스케치북을 꺼내더니 자기가 그린 만화를 보여 주는 게 아닌가. 고급스런 종이에 검은 펜으로 깔끔하게 그린 탁월한 그림…. 어떻게 저렇게 잘 그릴 수 있을까? 적어도 반에

서만큼은 만화를 제일 잘 그린다고 자부하던 나였는데…. 그 순간 나는 2인자가 되어 버렸다. 게다가 그 친구가 마징가제트와 그랜다이저 화보집을 꺼내는 게 아닌가. 아버지가 외국에서 사 오셨다면서 말이다. 친구들은 모두 그의 주위로 몰려갔다. 말할 수 없는 열등감. 얼마나 열심히 그렸는데.

그런데 참 이상한 것이 그 친구에 대한 열등감이 들자 지금 당장이라도 만화를 그려야겠다는 생각이 들었다는 것이다. 그날 하굣길에 펜과 잉크, 스케치북을 사서 그 만화를 다시 그리기 시작했다. 사실 그 만화의 재작업이 완성되지 못했지만 기억만큼은 생생하다. 나보다 더 나은 사람이 있기에 그 사람을 목표로 열심히 할 수 있었던 것이다.

지금 생각해 보면 좀 유치하지만 그때 그 친구가 아니었더라면 나는 지금 만화가가 안 됐을지도 모른다. 어떤 일이든 세상에 최고는 없다. 그리고 자기가 최고라 할지라도 자기보다 더 재능 있는 사람이 있을 거라 생각하고 살아야 할 것이다. 그것이 자신을 발전하게 하는 밑거름이 될 수 있을 테니까. 그 친구는 어디에서 뭘 하며 살고 있을까? 지금 만화가로 살아가는 나는 그 친구에게 고맙다는 말을 해 주고 싶다.

다이아몬드를 연마할 수 있는 것은
다이아몬드 하나뿐인 것처럼,
사람 또한 사람을 통해서 성장한다.

아버지의 권고

김형석

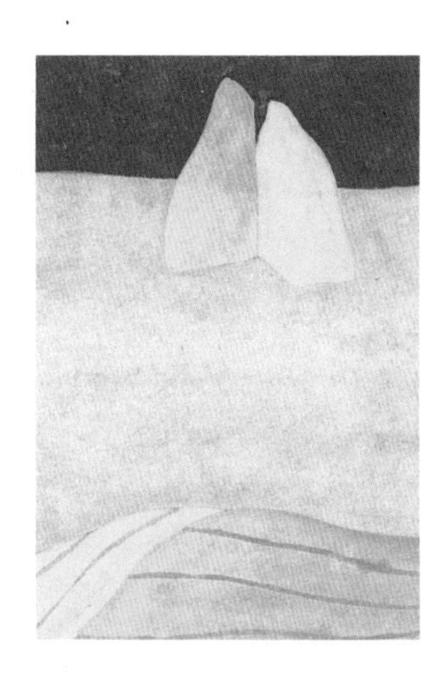

김형석

우리 시대의 진정한 원로 철학자로 일본 상지대학교 철학과를 졸업하고 1954년부터 1985년까지 30여 년간 연세대학교 철학과 교수로 재직했다. 그동안 미국 시카고대학교와 하버드대학교의 연구교수를 지냈고 국내 여러 대학에서 인생의 지혜와 철학에 대해 강의했다.

나는 가난한 가정에서 육 남매의 큰아들로 태어났다. 부친의 건강이 좋지 못한 관계로 할 수 없이 중·고등학교를 마친 뒤 고향에 있는 초등학교 교사가 되었다. 한 학기가 지났을 때였다. 하루는 부친이 어머니와 진지하게 상의한 뜻이라며 대학에 들어가서 공부할 것을 권유했다. 그러면서 하셨던 말씀이 잊히지 않는다.

"곳간에서 태어난 쥐는 자연히 쌀과 벼를 먹고 자라지만 뒷간에서 자라는 쥐는 자신도 모르게 더러운 것을 먹고 자라게 되어 있다. 나나 어머니가 너에게 도움은 주지 못하지만 어렵더라도 대학에 가도록 해보는 것이 좋겠다."

고마운 뜻에 용기를 얻어 집을 나서게 된 것이 일본 유학의 길로 이어졌다. 믿을 수 있었던 것은 부친의 끊임없는 관심과 모친의 근면한 노력뿐이었다. 나는 내성적인 성격이었고 동생들에 대한 책임을 생각했다면 오늘의 나를 위한 발전과 도약은 불가능했을 것이다.

물론 적지 않은 고생과 시련이 뒤따를 수밖에 없었다. 나는 객지에서 4~5년 동안 학업 외의 아르바이트를 계속했고 부모님은 집을 팔고 셋방으로 옮겨 다니는 어려움을 겪었다. 농촌에서 세를 산다는 것은 당시 거의 없는 일이었다.

그러나 아버지의 거시적인 안목과 뜻을 이어받을 수 있었기에 처음에는 힘들었지만 더 나은 생활을 할 수 있었고 나중에 어린 동생들에게도 국내외에서 대학 생활을 할 수 있는 길을 열어 주었다. 작은 동기가 큰 결과로 발전하는 계기가 되었다고나 할까.

꽃이 지고 나뭇잎이 떨어지고 가지가 꺾여도
그루터기로 남아 든든한 쉼터가 되어 주는 아버지.
그 속에서 우리는 다시 일어날 힘을 얻는다.

미련과 도전 사이에서

주철환

주철환

동북중학교 국어 교사로 시작하여 MBC PD, 이화여자대학교 교수, OBS 경인 TV 사장을 역임했다. 대표곡 〈다 지나간〉을 타이틀 곡으로 음반을 낸 싱어송라이터이며 최근에는 《청춘》이라는 제목의 수필집을 펴내기도 했다.

스무 해 가까이 몸담았던 방송사를 떠나 대학으로 자리를 옮기게 된 배경에는 선배 한 분의 결정적 기여(?)가 있었다. 그는 방송 3사의 프로그램을 녹화하여 모조리 모니터해야만 직성이 풀리는 근면과 오기의 소유자이기도 했다. 그런 선배가 어느 날 조용히 나를 그의 방으로 불렀다. 그는 곧바로 자기와 함께 일해 보지 않겠냐는 제의를 해왔고 TV 편성 분야에서는 거의 문외한이었던 나는 잠시 멈칫했지만 결국 그 제의를 받아들였다.

그러나 역시 그가 나에게 걸었던 순박한 기대는 무참히 빗나갔다. 나는 고삐 풀린 망아지처럼 내가 재미있어 하는 방향에만 눈이 팔렸고 그가 요구했던 몸짓 — 자리를 지키며 부장으로서 조직의 일

을 계획하고 관리하는 — 과는 멀찌감치 빗나간 것이다.

한편 그 이후 이화동산에서 보내는 따뜻한 교신은 잠자고 있던 내 속의 또 다른 나를 연신 흔들어 깨우고 있었다. 수개월간 지속된 그 유혹 속에서 나는 미련과 도전 사이를 헤매고 다녔다. 결국 최종 결심을 통보해야 할 바로 전날, 운명적 대면이 그 선배의 방에서 이루어졌다.

"회사가 원하는 모습으로 돌아가라. 편성실에 와서 한 일이 도대체 무엇이냐."

야속한 선배의 말에 믿을 수 없는 말이 내 입에서 쏟아져 나왔다. 다름 아닌 방송을 떠나겠다고, 마침 오라는 대학도 있어 그곳으로 가고 싶다는 대답이었다. 잠시의 침묵이 흐르고 선배가 입을 열었다.

"거기가 어딘데?"

"이화…."

이내 선배의 낯빛이 환해졌다.

"거기라면 갈 만하지. 축하해. 자네가 부럽군."

그가 악수를 청했다. 내 운명이 바뀌는 순간의 풍경이었다.

새 마음,
다짐이 있어도 미련이 남으면
어느 것도 시작할 수 없다.
결단과 도전이 새로운 삶의 첫 걸음이다.

어머니 내 어머니

이백천

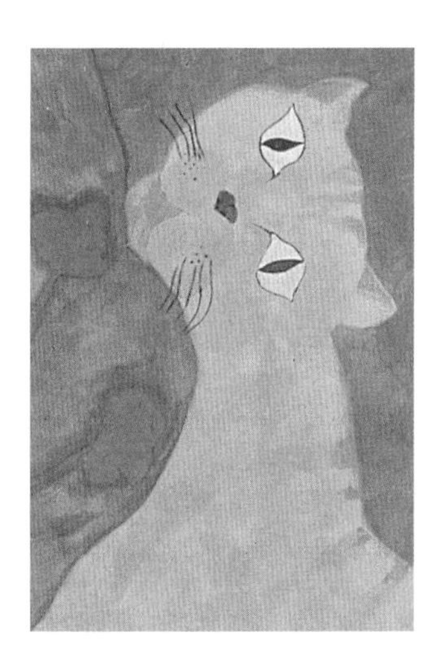

이백천

7, 80년대 한국 대중문화에 포크 음악 시대를 연 대중음악 평론가이다. DJ, MC, PD, 가요 평론가 등으로 폭넓게 활약한 그는 한국 대중음악의 한 시대를 이끈 총 연출자이자 통기타 군단의 스승이었다. 현재 〈가락을 만드는 사람들〉 대표를 맡고 있다.

어두운 안방, 창호지로 스며드는 엷은 석양 속에 어머니와 나는 저만치 떨어져서 남남이었다. 그 날의 어머니는 어두운 방에서 석불처럼 미동도 않고 있었다. 내가 아는 우리 어머니가 아니었다. 그 모습이 너무도 낯설어 '내가 고개를 돌리는 순간 어머니가 사라져 버리는 건 아닐까?' 하는 생각마저 들었다. 마치 내가 눈을 돌리면 이 세상 사람이 아닌 저승 사람이 될 것처럼….

어머니는 슬하에 칠 남매를 두고서도 아버지와 사이가 좋지 않을 때가 많았다. 그런 어머니를 보며 언젠가는 비 오는 날 길가 처마 아래에서 울먹이며 "엄니는 내가 쭉 지킬 거야! 무슨 일이 있어도!" 하고 맹세한 날도 있었다. 방 안에서 어머니가 혼자 우는 것을 보고

빗속을 뛰쳐나갔던 것은 아마도 초등학교 2학년 때였다. 중학교 때는 서울 상도동에서 살았다. 그 시절 나는 비탈진 야산 자락의 밭을 어머니와 함께 농사지었다. 일곱 살 위의 형은 의대생이라 진찰을 하는데 손이 거칠면 안 된다 해서 노동과 먼 곳에 있었고 네 살 아래 동생은 아직 어려서 농사일은 내 몫이었다. 세 살 위 누나는 집안일을 도맡았다.

어머니는 온종일 밭에서 일하는 농부였다. 그래도 동네 사람들은 교수 부인이라 불렀다. 어머니는 내가 보기에 작은 분이었다. 그러나 박봉으로 억척스럽게 칠 남매를 키우셨다. 그 작은 체구에 어디서 그런 힘이 나왔는지 어머니는 피땀으로 농사를 일구면서 부족한 살림을 꾸려 나갔다.

그런 어머니가 아버지가 돌아가시고 혼자 사셨다. 그리고 치매가 찾아왔다. 내가 모시겠다고 했더니 장남 체면을 구길 수 없다 하시며 형님네로 가셨다. 하지만 마지막 두 달은 우리 집에 오셔서 숨은 내 집에서 거두셨다. 한참 간섭이 심할 때는 빨리 돌아가시라고 언제 돌아가실 셈이냐고 따지기도 했다. 그것도 사람들 앞에서…. 내가 지켜주마 다짐했던 어머니에게 말이다.

그 어머니가 90세로 돌아가신 지 16년이 되었다. 지금도 이따금 그 시절 황해도 신계의 어스름 방이 생각난다. 어느덧 칠십 중반을 넘긴 나이가 되었음에도 그 젊은 날의 어머니 모습이 자꾸만 떠오른다.

눈물로 얼룩지고 고통이 서린
어머니의 고생길,
어머니의 등에 업힌 아들은
그저 쌔근쌔근 잠이 든다.

절망의 순간에서 찾은 새로운 희망

남궁정부

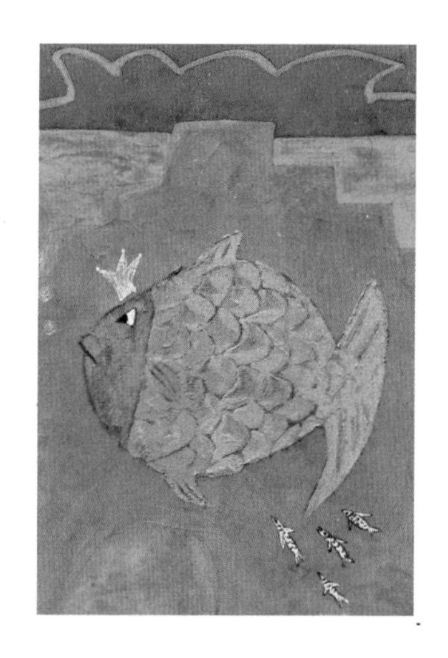

남궁정부

지하철 사고로 오른팔을 잃고 난 뒤, 장애인을 위한 정형제화를 만들어 온 구두 장인(匠人)이다. 2000년 노동부의 신지식인에 선정됐으며 장애인 복지 향상을 위한 그간의 공로를 인정받아 2010년 4월 국민포장을 수상했다. 그는 현재 세창정형제화연구소의 소장으로 근무하며 희망 구두 학교를 설립해 직업을 얻기 힘든 장애인들이 구두 기술로 자립할 수 있는 날을 꿈꾸고 있다.

이웃 어른의 소개로 수제화 가게에 들어가 구두 만드는 기술을 배우면서 내 구두 인생은 시작되었다. 그런데 무려 40년이라는 세월을 구두 밥으로 먹고살던 내가 사고로 오른팔을 잃게 되었다. 동료들과 소주로 시름을 달랜 뒤 지하철을 타고 퇴근하다가 그만 선로에 떨어지고 만 것이다. 눈앞이 깜깜했다. 처음에는 절망에 빠졌다. 그러나 입원 3일째 되던 날, 단순히 "살아야 한다."는 큰 명제가 내 머릿속을 가득 채웠다. 하여 '나는 오른팔만 빼놓고는 다 있어.' 라며 용기를 냈다.

며칠 후 의수를 맞추러 갔던 의료보조기상 주인이 내게 장애인용 구두를 만들면 어떻겠냐는 제안을 했다. 그 말을 듣는 순간 바로

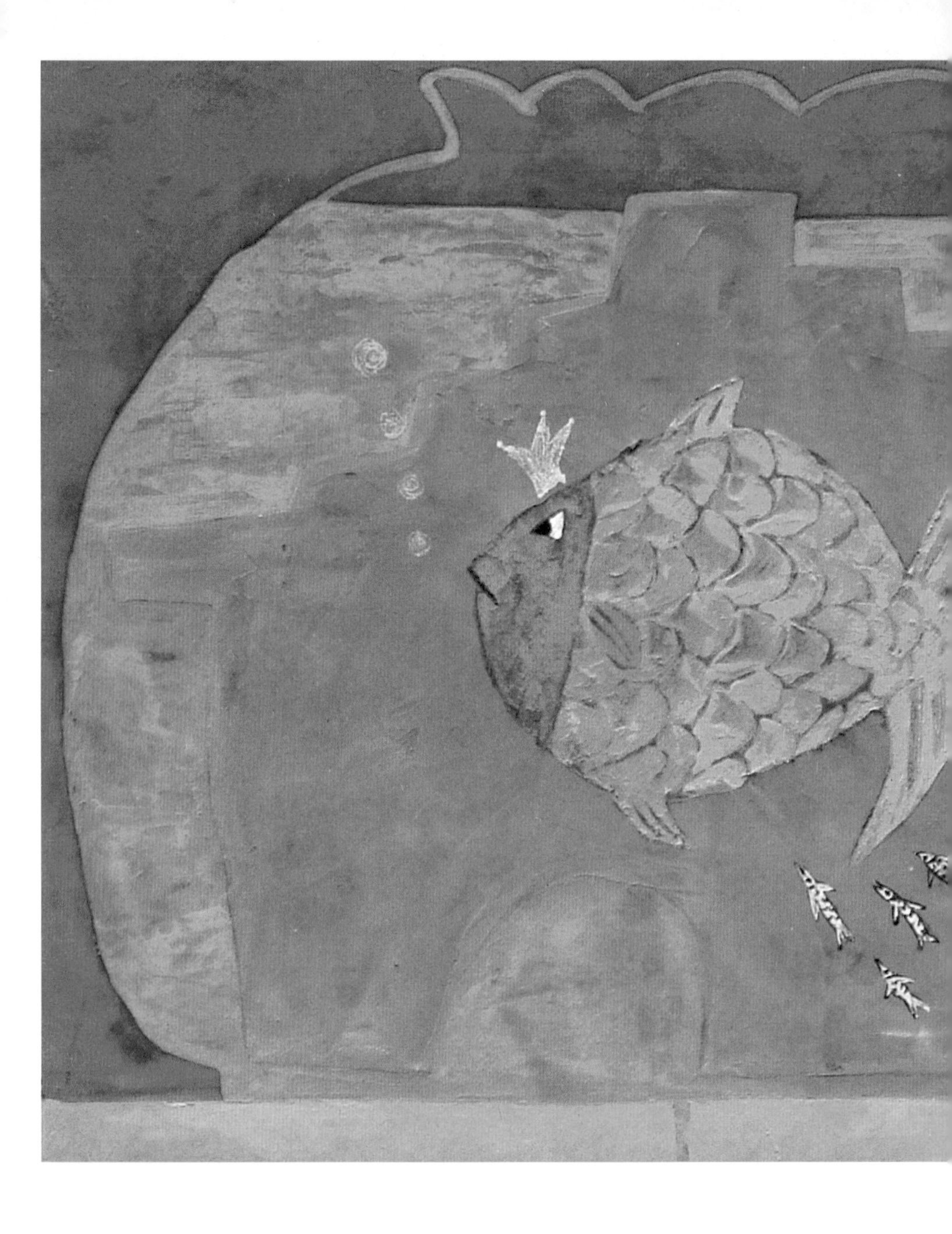

이거다 싶었다. 그러잖아도 수제화가 점차 설 곳을 잃어 가고 있는데 장애인 신발은 대량생산이 불가능해서 수제화가 아니면 안 되는 것이었다. 나는 곧장 일을 시작했다. 하지만 한 손으로 구두를 만드는 것은 예상보다 혹독했다. 칼질을 잘못해서 허벅지를 찌르기도 했고 구두 한 켤레를 만들기 위해 그야말로 온몸을 써야만 했다.

하지만 그런 육체적인 괴로움보다 나를 더욱 힘들게 한 것은 나를 무시하는 주변의 시선이었다. 그러나 나는 '스스로 나를 비웃기 전에는 인생은 끝나지 않는다.'는 생각으로 버티고 또 버텼다. 내가 만들어 준 신발을 신고 40년 동안 앉아만 있다가 처음으로 걷게 되었다는 사람, 맞는 신발이 없어 붕대를 감고 다니다가 처음으로 자기 발에 꼭 맞는 신발을 갖게 되었다는 사람을 보면서 나도 누군가에게 꼭 필요한 사람이라는 기쁨이 생겼다.

장애인들은 대부분 자신의 결점을 감추려고 든다. 우리 가게에 구두를 맞추러 오는 사람들도 처음에는 많이 망설이지만 나의 오른팔을 보고 경계심을 푸는 경우가 많다. 그럴 때면 나는 내 오른팔이 고맙다. 이제 나는 그날의 사고를 행운이라고 부른다. 그 사고가 없었다면 나는 그저 '예쁜 구두'를 만드는 사람이었을 것이다. 하지만 지금 나는 '희망'을 만들고 있다. 자신이 하고 있는 일이 누군가에게 희망이 될 수 있다는 사실, 이보다 더 좋은 일은 없다.

한바탕 폭우가 지나간 자리에
무지개가 뜨듯
절망의 먹구름이 걷히면
새롭게 희망이 비친다.

이름 모를 소녀

이만재

이만재

시나리오 작가와 방송 작가를 거쳐 70년대 초 광고계에 투신, 서울카피라이터즈클럽(SCC) 회장을 역임하는 등 카피라이터의 새로운 직업 분야를 개척하는 데 앞장섰다. 대한민국광고대상 심사위원, 공익광고 심의위원, 조선, 경향, 국민, 한겨레신문 광고대상 심사위원 등을 지냈으며 현재 (주)쿠스한트 고문으로 있다.

80년대 초의 어느 아침, 여의도 광장에서 거행되는 국장(國葬) 행사가 TV에 생중계되고 있었다. 국가 원수와 함께 동남아를 순방하다가 아웅산 폭탄 테러로 숨져 간 각료들의 유족들이 소복을 입고 오열하는 장면이 화면에 클로즈업되는 참이었다. 현장을 중계하던 기자가 유족 중의 한 소녀에게 마이크를 대고 현재의 심경을 조심스럽게 물었다. 하얀 소복으로 온몸을 감싼 채 조용히 고개를 숙인 조그만 소녀였다. 고개 숙인 소녀의 입이 조그맣게 열렸다.

"그토록 저를 사랑하시던 훌륭한 아빠를… 16년 동안이나 제게 보내 주신 천주님께 감사드려요."

감사? 소파에 앉아 있던 나는 벌떡 일어섰다. 열여섯이면 이제 기껏해야 고등학교 1학년쯤 되었으리라. 아빠를 잃고 억장이 무너지는 마당에 소녀의 조그만 입에서 나온 단어가 '감사'였던 것이다. 게다가 소녀는 '아빠를 16년 동안이나 제게 보내 주신'이라고 했다.

'16년 동안밖에'가 아니라 '16년 동안이나'였던 것이다. '…밖에'와 '…이나'의 차이를 생각했다. 까닭 없이 내 나이가 말할 수 없이 부끄러워졌다. 그날 이후 내 머릿속에는 '감사'라는 단어와 '16년 동안이나'라는 어휘 그리고 중계를 통해 우연히 보았던 이름 모를 소녀의 창백한 얼굴이 여러 해 동안이나 떠나질 않고 맴돌았다. 마음속의 엄청난 슬픔과 원망을 그것의 정반대 차원인 감사로 승화시킨 그 불가사의한 힘은 소녀의 말로 미루건대 필시 종교의 힘이었을 것이다.

종교, 종교…. 은연중에 그것은 소녀가 내게 안겨 준 숙명적인 숙제가 되었다. A. J. 크로닌의 《천국의 열쇠》를 읽은 것도 그 무렵의 일이다. 얼마의 세월이 흐른 후 마침내 나는 기독교에 귀의했다.

지나간 모든 일에 대한 감사는
다가올 미래의 모든 일을
긍정으로 바꿔 놓는다.

소중한 삶

최상식

최상식

1971년 KBS TV PD로 입사하여 드라마 제작 국장을 역임했다. 〈전설의 고향〉, 〈딸부자 집〉, 〈젊은이의 양지〉, 〈첫사랑〉, 〈용의 눈물〉 등 인간에 대한 향수가 묻어나는 드라마를 만들었다. 한국방송대상 특별상 및 연출상을 수상하였으며 현재는 중앙대학교 영화학과 교수로 재직 중이다.

1994년, 나는 한국방송공사 드라마를 총괄하는 제작 주간이 되었다. 그 후 4년 동안 〈딸부자 집〉, 〈젊은이의 양지〉, 〈첫사랑〉, 〈용의 눈물〉 등은 시청자들에게 많은 사랑을 받았고 그 공로를 인정받아 드라마 제작 국장으로 승격되었다. 당시 나의 신앙은 오직 드라마였고 내 마음속은 드라마로 꽉 차 있었다.

그런데 순항하는 것처럼 보였던 내 인생의 항로에 빨간불이 켜진 것은 1997년 10월이었다. 사내 정기검진에서 뜻밖에도 간에 종양이 발견되었고 정밀진단 결과 종양이 직경 7센티미터나 되는 악성 간암으로 판명되었다.

병원 문을 나서자 거리에는 단풍이 물들고 있었다. 새삼 세상이 아름답게 느껴졌다. '저 단풍을 내년에도 볼 수 있을까?' 하고 생각하니 가슴이 뜨거워졌다. 병원에서는 내 남은 삶이 1년 정도라고 했고 나중엔 2개월을 넘기기 힘들 것이라고도 했다. 마감 시간이 가까웠다고 생각하니 인생이 바빠졌다. 사방을 둘러보아도 미완성뿐. 새벽에 눈을 떠 보니 아내가 돌아누운 채 소리 없이 흐느끼고 있었다. 아내의 눈물을 닦아 주며 살아야겠다는 강렬한 욕구가 밀려왔다.

수술은 성공적으로 끝났다. 의사는 기적적일 정도라고 했다. 내 몸은 빠르게 회복되었고 다행히도 다시 일상으로 돌아왔다. 삶이 얼마나 소중한 것인가를 뼈저리게 느꼈고 사소한 것들이 얼마나 귀중한 것인가를 깨닫게 되었다. 죽음에 직면해 보고서야 인생에 있어서 내일이 얼마나 신뢰할 수 없는 것인가를 깨닫게 되었다. 내일보다 '오늘', '지금' 바로 '이 순간'이 더 중요하다는 것을 알게 되었다.

함께 살아 있다는 것,
같이 숨 쉬며 바라볼 수 있다는 것은
생애 가장 큰 행복이다.

그날의 국어 시간

이수익

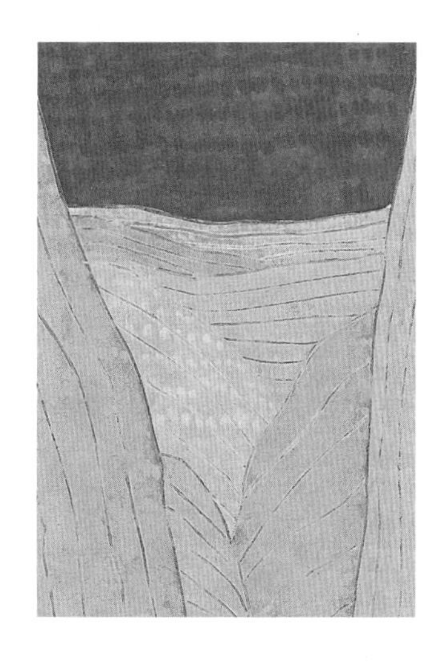

이수익

1963년 서울신문 신춘문예에 시 〈고별〉이 당선되어 등단했고 이어서 시 동인지 〈현대시〉에서 본격적으로 활동했다. 〈현대문학상〉, 〈정지용문학상〉, 〈이형기문학상〉을 수상했다. 시 작품 활동 외에도 KBS 라디오 2국장을 역임했다.

중학교에 입학하고 나서였다. 학교에서 나눠 준 〈천마〉라는 교지를 받아 보게 되었는데 거기에는 교장 선생님을 위시하여 여러 선생님들의 글이 실려 있었고 그 한편에는 재학생들의 시와 산문 작품들이 실려 있었다. 그런데 학생 작품 중에는 갓 입학한 내가 봐도 그리 잘 쓴 것 같지 않은 글들이 더러 실려 있는 것이었다. '이 정도쯤이야. 나도 한번 글을 써서 발표해 봐야지.' 나는 이런 생각을 갖게 되었고 나름대로 솜씨를 다해 쓴 시 한 편을 교지 편집실에 제출했다.

그리하여 1학년이 끝나갈 무렵 학교에서 배포하는 교지에 응당 나의 작품이 실려 있을 것이라 기대했건만, 기대는 수포로 돌아가고

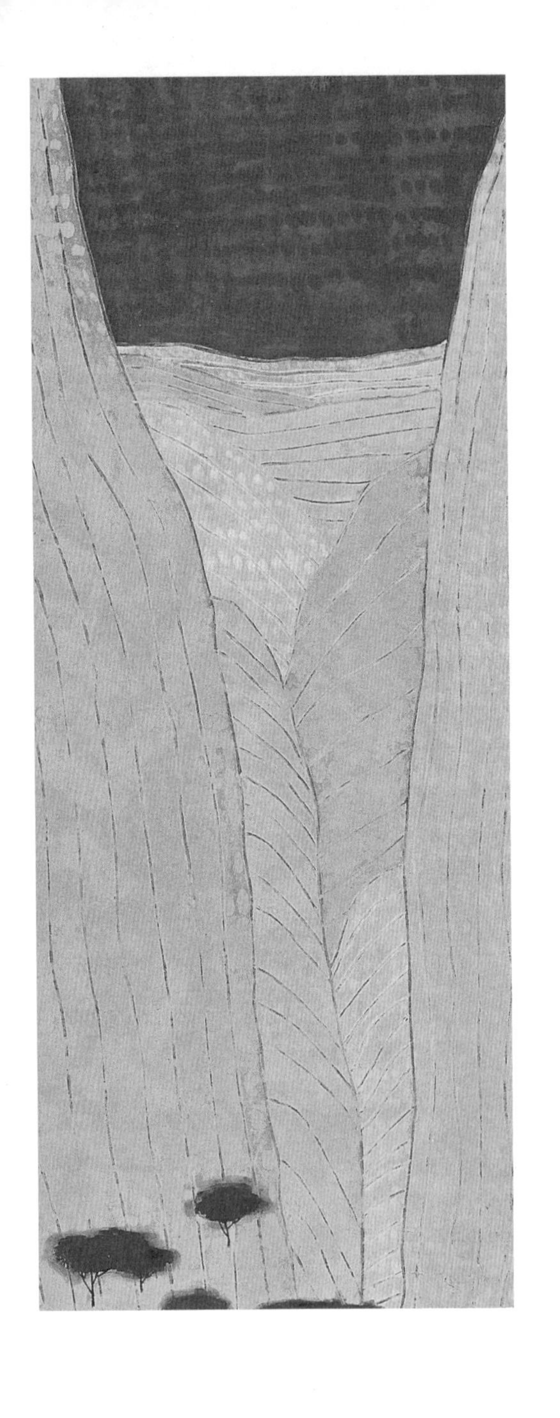

말았다. 아무리 목차를 뒤적여 보아도 나의 이름 석 자는 찾아볼 수 가 없었던 것이다.

나는 재도전하기로 굳게 마음을 먹었고 다시 열심히 글 쓰는 습작에 들어갔다. 기회는 다시 한번 찾아왔다. 국어 선생님께서 '봄'이라는 제목으로 시를 써서 제출하라는 숙제를 냈는데 나는 그동안 갈고 닦은 솜씨를 잔뜩 발휘해 작품을 써서 냈다. 그다음 국어 시간에 들어오신 선생님은 "너희 반에서 시를 가장 잘 쓴 두 사람을 소개하겠다."며 호명하는데 첫 번째로 나의 이름을 부르는 게 아닌가. 그 순간 나는 그만 반쯤 시인이 되고 말았다.

그날 이후 나는 비록 내일 중간고사 시험을 치른다고 해도 오늘은 시를 습작하지 않으면 안 되는 문학 소년이 되어 버렸다. 돌이켜 보면 내가 1963년에 등단하고 나서 지금까지 시인으로서 행세하게 된 사연은 바로 그날 국어 시간에 피할 수 없이 부딪혀야 했던 '그 어떤 운명과의 만남' 때문이 아닌가 싶어진다. 그리고 그러한 일생일대의 전기를 만들어 주는 데 결정적으로 기여했던 선생님의 역할에 대하여 늘 엄숙한 경의를 지니고 있다.

진심에서 우러나온 칭찬은
한 사람의 인생을 지탱하는
큰 힘이 된다.

벼랑 끝에서의 선택

김종관

김종관

우리나라 최초의 녹차 가공식품 제조 업체인 산골제다를 설립한 대표이자 토종 야생 녹차 전문 연구회장이다. 현재 고향 화개면 용강리에서 1만 2천여 평의 차 밭을 일구며, 찻잎의 가치와 효용성을 높일 수 있는 녹차 음식의 개발과 가공기술에 대한 연구를 하고 있다.

내가 사는 지리산 화개골은 세계적인 야생차 고장이다. 그래서 나는 녹차로 특별한 상품을 만들고 싶었다. 그 생각에 홀려 무작정 일본으로 건너갔다. 말도 통하지 않는 일본의 산천을 떠돌면서 그곳의 녹차 재배 상황과 녹차 가공식품을 둘러보았다.

그리고 고향에 돌아와 부도난 녹차 공장을 인수해 녹차와 매실 캔을 만들었다. 하지만 시장의 반응은 차가웠다. 가격도 비싸고 아직은 시기상조라고 했다. 거기다 사기까지 당해 결국 부도가 나고 말았다. 부도 금액은 가히 천문학적인 숫자였다. 빚이 7억이나 되었다. 3년 후에는 이자까지 더해져 10억에 가까워졌다. 도망치고 싶었지만 보증을 서 준 고향 사람들과 처자식 때문에 그럴 수도 없었다. 결

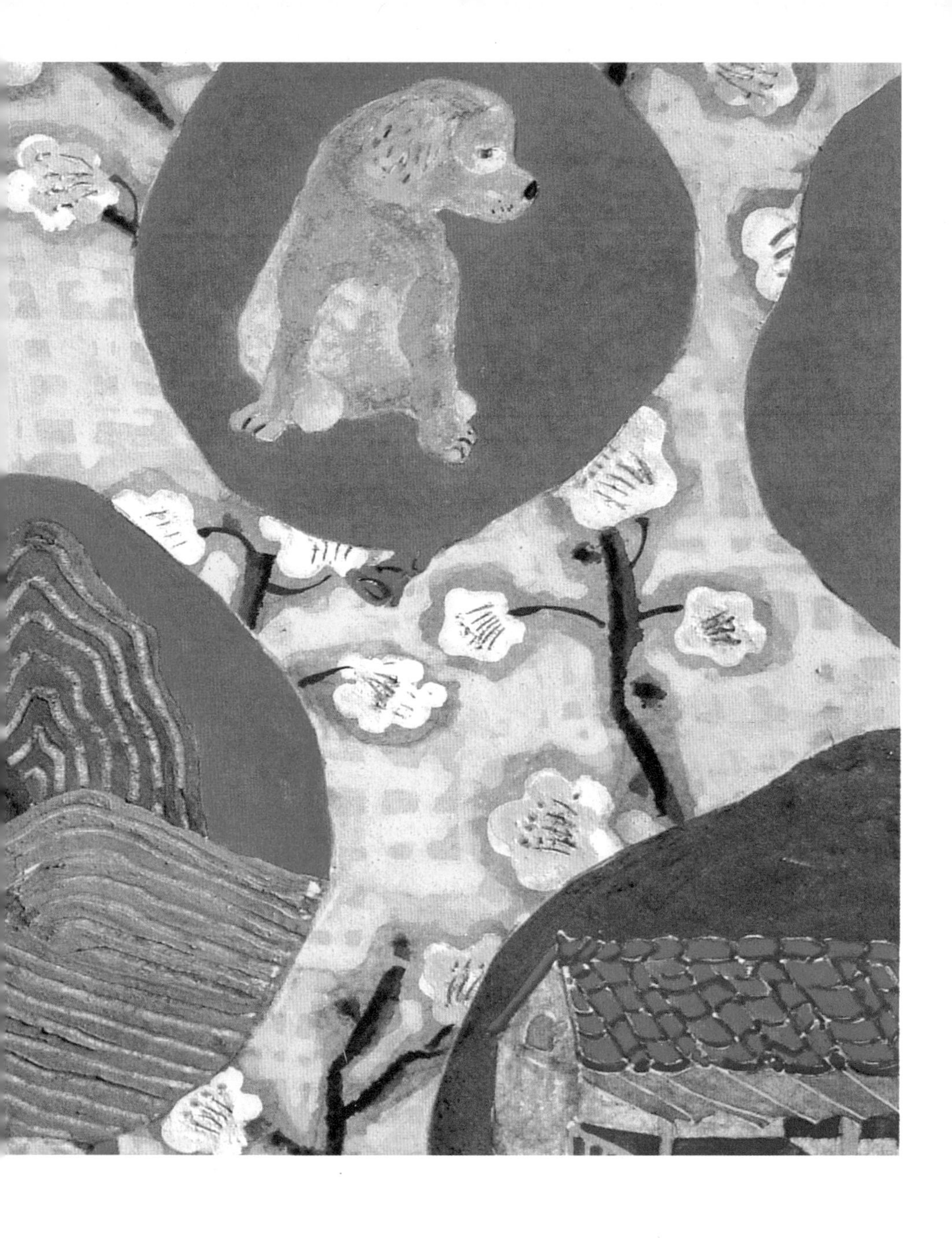

국 채권자들 앞에서 내가 다시 일을 해야 빚을 갚을 수 있다고 사정한 끝에 외상으로 음식점을 시작했고 차차 이자를 갚아 나갔다.

그 무렵 일본에서도 실패했던 녹차 국수가 90년대 중반에 들어 대성공을 거두고 있다는 소식을 접했다. 나는 곧장 기계를 들여오려고 일본으로 갔지만 수입 금지 품목이라 들여올 수가 없었다. 고심 끝에 중요 부품을 분해한 뒤 한국으로 우송해 다시 조립했다. 그때 IMF가 터졌다. 엎친 데 덮친 격으로 딸은 교통사고를 당해 중태에 빠졌다. 가까스로 목숨은 건졌지만 오른쪽 몸 전체가 마비되었다. 자본이 없어 공장도 못 돌리고 있는데 딸마저 병원에 누워 있으니….

이러다가는 정말 다 죽겠다는 생각에 정신을 차리고 보니 아주 중요한 부품 하나가 빠져 있었다. 다시 일본에 가야 하는데 돈이 없었다. 바로 그때 아내가 40만 원을 줬다. 그 돈은 아이들 돌 반지와 결혼 예물을 판 돈이었다. 나중에 그 사실을 알고 얼마나 울었는지 모른다. 그런데 나는 한 번 더 비정한 아비가 되어야 했다. 시제품을 만들 자금이 없어서 딸아이 치료 보상금을 쓰고 만 것이다. 비록 확신이 있어 한 일이었고 결과적으로 녹차 냉면이 인기를 끌면서 무사

히 고비를 넘길 수 있었지만 지금도 딸아이와 아내 얼굴을 보면 미안한 마음이 드는 건 어쩔 수 없다.

벼랑 끝에 내몰렸을 때의 선택은 두 가지다.
벼랑 너머로 뛰든지 물러나든지.
막다른 곳에서 절망과의 싸움은
나를 단련시킨다.

인생의 전환점이 된
볶음밥 사건

이덕근

이덕근

산업공학 박사로서 부품 소재 산업 육성에 전념하며 우리나라가 세계적 공급 기지가 되도록 노력했다. 그리고 현재 한국생산기술연구원에서 일본 수출기업센터장으로 있다. 또한 '더끈이의 좋은 이야기' 사이트를 통해 재밌고 따뜻한 이야기를 담은 칼럼을 1만여 회원들에게 배달하고 있다.

나는 초등학교 시절은 축구 선수, 중학교 때는 핸드볼 선수를 했다. 중학교 3학년 때부터는 육상 선수로 전환해 고등학교 2학년 때 태백시 대표로 강원도 체전에 출전했다. 체전에 나갈 때에 선수들을 인솔하는 선생님은 경기 일정 확인, 컨디션 조절, 예비 훈련 등 해야 할 일이 무척 많다.

참 아쉽게도 당시 인솔 교사는 약 20명쯤 되는 출전 선수들을 나에게 맡기고 노름을 하느라 정신이 없었다. 다음 날 우리들은 중국집에서 단체로 '볶음밥'을 먹었다. 그리고 운동장으로 돌아오니 내가 나가는 20킬로미터 단축마라톤의 일정이 변경되어 경기가 막 시작되고 있었다. 나는 얼른 옷을 갈아입고 정신없이 뛰어 들어갔다.

그런데 잠시 후 배가 당기기 시작하더니 아프다는 표현이 모자랄 정도로 하늘이 노래졌다. 그놈의 볶음밥 밥알들이 출렁이면서 위로 솟구친 것이다.

감독이나 코치가 있었더라면 경기 중이라도 상의해서 다음 주력 경기를 위해 기권을 했을 텐데, 앞뒤 계산할 틈도 없이 경기에 임했던 것이 화를 자초한 것이었다. 나의 주력 종목은 1,500미터였다. 당시 평소 연습 기록만으로도 '1등은 따 놓은 당상'이라고 이구동성으로 칭찬이 펴졌고 같은 종목에 출전했던 다른 학교 선수들 사이에서도 반론의 여지가 없었다. 마라톤을 중도 기권하고 주력 종목에 집중했더라면 충분히 우승 가능성이 있었다. 그 후로 나는 그 좋아

하던 운동을 그만두게 되었다. 어린 마음에 분하고 억울해 체육 선생님의 얼굴이 자꾸 떠올랐다.

아마도 그 사건이 없었더라면 우승 전적을 바탕으로 운동 지도자가 됐을지도 모른다. 물론 다른 길로 갔을 수도 있지만 말이다. 그 후 나는 사찰에 들어가 진학 공부를 시작했다. 뜻하지 않은 사고가 있어 오랜 시일이 지난 뒤에야 산업공학 박사학위를 취득하여 중소기업을 도와주는 일에 30여 년간 초지일관 종사하고 있다.

이렇듯 인생에는 예기치 않은 어떤 이끌림과 분기점이 분명히 있다고 생각한다. 운동선수의 길을 가던 제가 생각지도 않게 중소기업체를 지원하는 연구기관에서 일하는 공학도가 될지 누가 알았겠는가? 요즘은 아주 가끔씩 새삼스레 볶음밥을 먹어 보기도 한다. 그 옛날의 추억을 곱씹어 보면서 말이다. 볶음밥을 보면 나도 모르게 쓴웃음이 베어 나오곤 한다.

새 지도를 만드는 방법은
가지 않은 길을 가는 것이다.
예기치 못한 방향으로의 전환은
삶에 큰 변화를 가져온다.

철과 함께한 인생

고윤열

고윤열

울산대학교에서 기계공학사 학위를 취득하고 현재 현대중공업 조선 가공5부 기장으로 있다. 인천 영종대교, 부산 광안대교 등 국내외 굵직한 공사에 참여한 공로로 2004년 대한민국 산업명장으로 선정되었다. 그 외에도 법무부 부산 대안교육센터 객원교수 및 2010년 법무부 소년보호위원을 역임하며 청소년들에게 기능인의 미래 비전에 대한 특강을 하고 있다.

나는 가난 때문에 고등학교 진학을 포기할 수밖에 없었다. 친구들과 달리 부산 공공직업훈련생이 되었고 이듬해 조선소에 입사하면서 기능인으로서의 첫발을 내딛었다. 하지만 어린 나이에 막노동에 가까운 조선소 일을 감당하기는 참으로 버거웠다. 한여름의 뜨거운 용접 열기로 얼굴에 각피가 벗겨져 마스크를 쓰고 다니는가 하면, 손은 용접 불똥에 덴 상처로 늘 호주머니에 넣고 다녀야 했다. 어깨너머로 기술을 배운다는 게 결코 쉽지만은 않아 때로 절망에 빠지기도 했다. 그러나 대한민국 최고의 기술자가 되겠다는 꿈은 포기할 수 없었다.

리처드 바크의 《갈매기의 꿈》을 보면 대부분의 갈매기들이 먹이

를 위해 비행하는 단순한 삶을 살아가는 데 비해 주인공 조나단은 한 번뿐인 자신의 인생에 변화를 꿈꾼다. 마침내 조나단은 한계에 부딪친 절망 속에서도 끝까지 포기하지 않고 자신의 꿈을 이루어 낸다. 나는 조나단처럼 스스로 포기하지 않는 한 꿈은 반드시 이뤄질 것이라 생각했다.

3년 후 나는 경남공업고등학교에 산업체 특별 학생으로 입학했다. 주경야독으로 학업을 병행하면서 책가방에 도시락 두 개를 넣어 새벽 6시에 집을 나섰다. 몸이 녹초가 되어 선생님의 말씀이 자장가처럼 들릴 때도 있었다. 하지만 '아는 것이 힘이다. 배우는 것이 사는 길이다.' 는 생각으로 남보다 2배 이상 노력했다.

기능공으로 30년 쌓아 온 그 노력은 결코 헛되지 않았다. 2004년 꿈에도 그리던 대한민국 산업명장에 선정되는 영광을 안았으니 말이다. '성공하는 사람들이 처음부터 특별한 사람은 아닐 것이다.'는 생각이 빛을 발하는 순간이었다. 어릴 적 소원이던 내 분야에서 최고가 된다는 꿈을 이룬 지금, 기술을 배우며 공부할 수 있어 얼마나 뿌듯한지 모른다. 기술자로 철과 함께한 인생! 후회는 없다.

성공의 비밀은
행운이나 특별한 재능에 있지 않다.
목표한 바에 다가가려는
지속적이고 강도 높은 노력에 있다.

나를 이끌어 준 두 분의 스승

김경남

김경남

1970년대부터 학생운동, 인권운동 등에 참여하며 굴곡진 근대사를 함께해 온 목사다. 또한 자연과 인간의 조화로운 삶을 지향하며 대안학교인 '푸른꿈 고등학교'를 설립했다. 현재 전북 무주로 삶의 터를 옮겨 생태 농업을 온몸으로 배우고 있다.

내 삶에는 두 분의 스승이 계시다. 한 분은 작고한 아버지인데 목수이셨다. 그분의 집 짓는 기술은 자타가 공인하는 것이었고 당신 스스로도 자부심이 대단하셨다. 성실하고 근면하며 정직하셨고 남을 위해 앞장을 서셨다. 하지만 집 짓는 현장에 찾아오는 소방서 직원, 파출소 순경, 세무서원 이런 사람들 앞에서는 기를 못 펴셨다.

내가 법대를 진학한 것은 아버지의 그런 모습 때문이었다. 법관이 되어서도 아버지 같은 선량한 서민들 위에 군림하지 않고 그들의 편이 되자는 생각으로…. 그러나 법대에 가 고시 공부를 할 즈음 사법 파동이 일어났다. 독재 정권하에서 법은 이미 정의의 척도가 아니었다. 법관도 서민의 편에 서기는커녕 양심마저 팔아야 할 지경에

이른 것 같았다. 실존이 흔들렸다.

이때에 나를 이끌어 주신 분이 박형규 목사이셨다. 그분은 70년대와 80년대의 암울한 시절을 비추신 큰 등불이시다. 그분은 양심을 지키면서도 먹고살 길을 알려 주셨다. 나는 법대 졸업 후 곧 신학교를 가서 목사가 되었다. 그분의 뒤를 따라 선량한 약자들과 함께하는 인권, 노동, 빈민 등 사회선교 분야의 변두리를 맴돌기를 25년. 선량한 약자의 편에서 내가 할 일이 무엇일까 고민했다. 그런 과정에서 참교육을 위해 대안학교 설립을 준비하는 현직 교사들을 만났다. 그분들로부터 이 시대에 가장 아파하는 이들이 입시 중심 교육에 시달리는 우리 아이들이라는 것을 알게 되었고 그분들과 함께 대안학교 세우기에 동참했다.

두 스승들에게 배운 대로 정직하고 진실하게 남을 생각할 수 있으며 무슨 일을 하든지 그 일에 자부심을 갖는 인간이 되도록 안내하는 스승의 길에 만족하며 아이들과 함께하는 푸른꿈 고등학교는 어느덧 내 마음속에 영원토록 푸른 나무로 서 있다.

좋은 만남은
사람의 생각을 바꾸고
시야를 넓히고
삶의 방향을 전환시킨다.

마라톤을 인생에 비유하는 이유

김주현

김주현

마라톤 풀코스 40회, 울트라 마라톤 100킬로미터 5회 완주를 하는 등 마라톤에 대한 열정으로 일생을 살아온 사단법인 한국마라톤협회 회장이다. 또한 국내 유일의 러닝 전문지 〈러닝라이프〉의 발행인으로 달리면서 모두가 행복할 수 있는 마라톤을 만들기 위해 노력하고 있다.

내가 마라톤에 입문했을 때, 아내는 시큰둥한 방관자였다. 골인 지점에서 남편의 무사 완주를 기원하는 부인들의 대열에 동참해 주는 것만으로도 감사할 따름이었다. 그러던 아내가 매번 결승선에서의 기다림에 지겨워하는가 싶더니 달리기에 흥미를 보이기 시작했다.

비록 처음엔 5킬로미터 단거리부터 시작했지만 아내와 딸과 함께 달리며 서로 격려하고 환호한 첫 나들이가 된 그날의 가족 달리기를 잊을 수 없다. 무늬만 가족일 뿐 서로의 취미에는 무관심했던 우리 가족이 모처럼 하나 되는 경험을 할 수 있었던 날이었기 때문이다. 무엇보다 마라톤을 통한 아내와의 새로운 관계는 우리 가정의

많은 생활의 변화를 줬으며 삶의 활력소를 넣은 계기가 됐다.

걸음마를 하듯 5킬로미터 달리기부터 시작한 아내는 급기야 마라톤 풀코스에 도전했다. 내 취미를 안쓰럽게만 보던 아내도 어느덧 42.195킬로미터 내내 고통을 극복하고 마라톤 완주를 하면서 비로소 나와 같은 감정을 공유하게 된 것이다. 아내는 눈물과 땀이 범벅된 얼굴로 힘겹게 골인 지점에 나타나 내게 안겼다.

아내의 마라톤 완주를 계기로 지금까지 무료하게 보냈던 휴일은 분주하고 설레는 아침으로 변했다. 아내와 나는 지방에서 열리는 각종 마라톤 대회에 참가해 건강도 지키고 지역 문화 탐방도 하는 일석이조의 효과를 누렸다. 비록 곁에서 손잡고 달릴 수는 없지만 어느 때보다 서로의 존재를 인식하며 따뜻한 온기를 느꼈다.

달리기를 하다 보면 많은 변화 단계를 거치게 된다. 처음에는 빨리 달리려 애쓰지만 그것을 이루면 더 멀리 달리려는 욕심을 갖게 된다. 그러나 종국에는 자신의 한계를 받아들이는 법도 배우게 된다. 이런 과정은 인생에서 경험하는 변화 과정과 유사하다. 그래서 마라톤을 인생에 비유하는지도 모른다.

최근 마라톤 마니아들이 늘고 있지만 기록 경쟁에 골몰하는 마라톤 못지않게 가족과 함께 즐기는 생활 스포츠로의 마라톤도 가치 있는 체험이 아닐까 싶다.

천리 길도 한 걸음부터,
욕심내지 않고 차근차근 천천히
결승점까지 나아가는 것.
인생의 마지막까지 달려가는 방법 또한
이와 다르지 않다.

굶어 보셨습니까?

김홍열

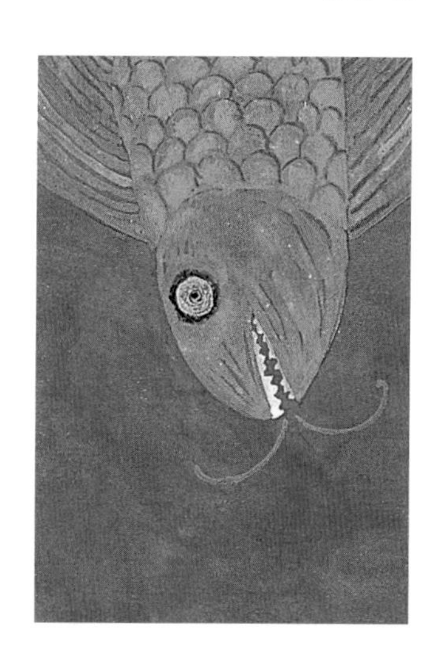

김홍열

일식 전문가로 MBC, KBS, SBS 요리 프로그램에 출연했고 다수의 잡지에 일식 요리를 소개했다. 그 외에도 한국산업인력관리공단 일식, 복어 종목 시험 감독관을 역임했고 현재는 안산공과대학 호텔 조리학과 교수로 재직 중이다. 또한 (주)유신개발 광수사 일식 대표이사를 겸하고 있다.

세상에 태어난 지 100일이나 되었을까 싶던 때에 6·25가 발발해 굶기 시작했다. 전쟁 중은 물론 전쟁이 끝나도 나의 배는 항상 고팠다. 초등학교 졸업 후 하루치 먹을거리조차 없던 가난한 집안이라 중학교는 꿈도 꾸지 못했다. 진학을 못한 서러움도 견디기 힘들었지만 그보다는 허기짐의 고통이 더욱 나의 몸과 마음을 괴롭혔다.

참다못해 어린 나이에 무작정 상경해 중국집 배달부터 시작해 웨이터, 조리 보조 등을 거치면서 닥치는 대로 열심히 일을 했다. 굶주림의 생활만은 대물림하고 싶지 않았기 때문이다. 월급은 고사하고 하루 세끼 밥 먹여 주는 것만도 고맙고 감사해서 추운 겨울밤을 이불도 없이 난방도 안 되는 다락방에서 자면서도 이를 악물고 참아냈다.

그것이 배고픔보다는 참기가 쉬웠으니까. 나의 이런 이야기가 어디를 가나 먹을거리가 풍요로운 가운데서 생활하고 있는 요즘 사람들에게는 그저 고리타분한 타령으로 밖에 들리지 않을지도 모른다.

세월이 흘러 경제적인 기반도 남부럽지 않을 만큼 이루어 놓았고, 대학의 교수라는 직함도 얻었지만 아직도 평생 잊지 못할 고통이 있다면 그것은 바로 굶주림의 고통이다. 그런데 요즘 나는 이러한 생각이 떠오른다. '만약 그때 그 고통이 없었다면 과연 내가 이토록 부지런하게 세상을 살아왔을까?' 라는 질문 말이다. 부득이하게 직장을 옮기게 되거나 또는 군대에 입대하기 전이나 제대한 후에도 하루도 쉬지 않고 일을 했다. 놀고 싶어도 놀지 못하고 앞만 보면서 정진한 나의 삶이 후회되지 않는 이유는 아마도 그때의 배고픔이 내겐 약이 되고 보람으로 다가왔기 때문이 아닌가 싶다.

"지금 혹시 고통스러우십니까? 여러 가지 문제로 힘이 들어 막막한 느낌이 드십니까? 아무리 힘드셔도 조금만 더 힘을 내어 참고 견뎌 내십시오. 반드시 좋은 결과가 올 것입니다."

누군가 이와 비슷한 말을 했지요.

"고통의 날을 참고 견디면 머잖은 날 기쁨이 오리니…."

어떤 이에게는 질병, 가난이
불행과 좌절의 시간으로 남지만
어떤 이에게는 성공을 위한 밑거름,
창조의 영감을 주는 한순간으로 남는다.

그림 최승미

1971년 서울 출생. 중앙대학교 한국화학과와 중앙대 일반대학원 회화학과를 졸업했다. 5회 개인전을 열었으며 10여 개의 상을 수상했다. 70여 개의 단체전을 통해 현재 화가로서 활발한 작품 활동에 매진하고 있다. 故 장영희 교수와 소설가 신경림의 작품에 그림을 싣게 되면서 문학 작품과의 만남을 이어가고 있다.

기적 같은 한순간

지은이 박경리 · 김용택 · 김기덕 · 노영심 · 주철환 외
1판 1쇄 인쇄 2010년 8월 19일 | 1판 1쇄 발행 2010년 8월 25일 | 발행인 신혜경
발행처 마음의숲 | 등록 2006년 8월 1일(105-91-03955) | 주소 서울시 마포구 서교동 464-46 서강빌딩 201호
전화 (02) 322-3164~5 팩스 (02) 322-3166 | 마음의숲 카페 cafe.naver.com/lmindbookl
기획 권대웅 | 편집 박희영, 유윤서, 안은광 | 디자인 오민재 | 마케팅 노근수, 김국현 | 홍보 인터넷사업팀 박도영
ISBN 978-89-92783-35-4 03810